DADIECI

Editing: Studio Noesis
Impaginazione e redazione: Studio Noesis

www.battelloavapore.it

Pubblicato per PIEMME da Mondadori Libri S.p.A.
I Edizione 2020

ISBN 978-88-566-7708-9

Anno 2020-2021-2022 Edizione 1 2 3 4 5 6 7 8 9 10

Finito di stampare presso Grafica Veneta S.p.A.
Via Malcanton, 2 – Trebaseleghe (PD)
Printed in Italy

Saschia Masini

Dadieci

IL BATTELLO A VAPORE

PIEMME

A Marzio

Mi chiamo Ardito in onore di Ardito Desio, esploratore, scalatore, geologo, capo spedizione della prima scalata del K2.

Era il 1954: le montagne si scalavano con le piccozze, le bombole per l'ossigeno pesavano come frigoriferi, i piumini erano ingombranti, scaldavano poco e rendevano i movimenti più difficili. Me lo ripete sempre il mio babbo, come mi ripete sempre che quelli erano eroi, uomini che con la montagna ci parlavano davvero, uomini degni di conquistarla eccetera, eccetera.

Va detto che il mio babbo è un po' fissato, per quello mi ha voluto chiamare a tutti i costi Ardito.

Quando l'ha dichiarato per la prima volta, prima che nascessi, nessuno gli ha dato retta, mamma compresa, convinti che non avrebbe mai avuto il coraggio. E invece, quando sono nato, è andato diritto all'ufficio anagrafe dell'ospedale e ha detto: – Lui si chiama Ardito.

– Come scusi?

– Ardito.

Quando è tornato in camera con il certificato, alla mamma le è preso un accidente: lo aveva fatto per davvero.

Lo aveva fatto per davvero perché la prima cosa che mi augurava, tipo: “Ehi, ciao, benvenuto nel mondo”, era che fossi ardito. Questo non voleva dire che dovevo essere per forza coraggioso e fare le cose da supereroe, ma che sperava che imparassi ad avere passione per la vita e che per la passione mi spingessi un passo oltre a quello che avrei creduto possibile, imparando che siamo limitati, ma proprio per questo ci si può superare.

Poi magari non aveva pensato che tutte le volte che mi presento a qualcuno mi chiedono: – Come ti chiami? Ar-dito? – , e mi mostrano un dito a caso.

1 DICEMBRE

LA FINESTRA

Tema di dicembre. Titolo: *Un nonno a caso.*

Come sarebbe, un nonno a caso? Ardito aveva capito male di sicuro.

Come tutti gli occhi della III B, scuola media Gianni Rodari, anche i suoi si erano alzati per guardare il prof Raimondo che, come se niente fosse, aveva continuato per la sua strada. Sembrava gli avesse letto nel pensiero.

– Sì, uno a caso tra quelli che ognuno ha! Avete tempo fino al 31 di dicembre per scriverci sopra una storia, che mi consegnerete per email.

– Una storia? Che storia?

– La storia delle vostre radici.

Una mano alzata era svettata sopra le altre.

– Radici nel senso di radici, tipo alberi?

– Le radici sono una metafora. Qualcuno sa dirmi per che cosa?

Silenzio totale. Tutta la classe aveva iniziato a guardarsi i piedi, le cartelle, qualcuno addirittura il libro.

– I nonni sono come le vostre radici. E scavando nella loro storia magari viene fuori qualcosa di interessante – aveva continuato il prof Raimondo. – Più si va in profondità, e più ci si può imbattere in materiale raro, prezioso.

Eccola lì, una supposta di saggezza. Così erano state ribattezzate le sparate che il prof inseriva nei discorsi. Supposte perché, appena pronunciate, davano un po' di noia. Poi passava, e restava la saggezza.

Ardito, attaccante del Rapid Ripoli di Bagno a Ripoli da cinque anni, capitano da mezzo, sogno nel cassetto: avere una figurina dedicata in un album di calciatori, aveva staccato il cervello dalla classe e dal tema, per collegarlo in diretta sul ripasso degli avversari delle ultime partite del campionato prima della pausa natalizia. Quel pomeriggio avrebbero giocato contro il Manzo Team, una settimana dopo gli All Star Arcetri, e quella dopo ancora i Galli di Greve. Aveva le squadre chiare in testa, come un album di figurine.

Di alcuni giocatori si raccontavano leggende al confine tra la realtà e il mito, come quella di Omar, il grande taglia-ruote di motorini di Sorgane. A scuola dicevano che ne aveva tagliate più di cento, ma ad Ardito sembrava eccessivo. Vero era che la sua squadra si chiamava le Mucche Pazze. Un motivo doveva pur esserci. Oppure uno chiamato Brodo, bocciato quattro volte a scuola, ma che con i piedi e un pallone riusciva a fare capolavori mai visti, altro che temi.

Secondo il Mister, l'unica soluzione era provocarlo fino a farlo espellere, magari senza finire all'ospedale prima che l'arbitro tirasse fuori il cartellino rosso.

In classe, intanto, era scoppiato il caos. Tutti avevano qualcosa da dirsi o da chiedere, con il risultato che decine di domande avevano iniziato a spingere per arrivare prime alla cattedra, comprimendosi così tanto da scoppiare, effetto diga che esplode.

– Posso uscire? – aveva chiesto Ardito al prof.

– La spiegazione del tema interessa persino te, visto che tra un mese dovrai consegnarlo, esattamente come gli altri.

Su questo Ardito non era d'accordo: lui aveva altro di cui occuparsi prima del tema. Studiare le formazioni avversarie, per esempio: quello del capitano era un ruolo di responsabilità, non poteva permettersi di arrivare in campo impreparato.

Sara: – Ma il tema deve essere più una fiaba o una favola?

Tommaso: – Ma vera o inventata?

Elide: – Ma ti pare, che inventi una cosa sul nonno?!

Aurora: – Aspetta, che differenza c'era tra la fiaba e la favola?

Matteo: – E chi il nonno non ce l'ha?

Elide: – Io ne ho due!

Tommaso: – È arrivata lei, la solita esagerata...

Matteo: – Il mio nonno è morto.

Tommaso: – Usa l’altro, no?

Sara: – E chi ha i parenti lontano?

Matteo: – I miei sono morti tutti.

Tommaso: – Allora sei te che porti male, Matteo…

Elide: – La favola non era quella che aveva come protagonisti gli animali?

Sara: – I miei nonni stanno a Verona.

Giovanni: – E se i nostri genitori ci hanno litigato?

Matteo: – Aspetta, ma Verona è in Lombardia o in Emilia Romagna?

Giovanni: – La mia mamma lo chiama “vecchiaccio” e dice che quando muore non va nemmeno al funerale.

Sara: – E se sta in una casa di cura?

Tommaso: – Ah, è matto?

Aurora: – Mio nonno non è matto! È vecchio.

Tommaso: – A una certa età, vecchio e matto è uguale.

Mentre Tommaso e Aurora continuavano a discutere su vecchi e matti, il prof aveva decretato che era arrivato il momento di riportare il silenzio. Sulla cattedra teneva un megafono da usare in caso di situazione ingovernabile. Era stato un ultrà della Curva Fiesole della Fiorentina, il prof Raimondo, e quello che teneva in classe era uno storico megafono che si era ritrovato tra le mani durante il lancio di alcuni lacrimogeni in una Fiorentina-Atalanta di molti anni prima.

Aveva passato tutta una vita in Curva Fiesole, il prof

Raimondo, quando la Fiorentina giocava in casa, e nelle curve ospiti in trasferta. Qualcuno diceva che lo avessero arrestato per atti osceni in luogo pubblico, ma nessuno ci aveva mai creduto. Bastava guardarlo in faccia.

Aveva passato una vita in Curva Fiesole, ma poi lo stadio, il tifo, il calcio avevano iniziato a deluderlo, diventando campo di affari e gossip, e così aveva appeso il megafono al muro, al muro della classe, dove poteva tornare ancora utile.

Ardito aveva chiesto, di nuovo, se poteva andare in bagno.

– Silenzio! – aveva intimato il megafono, e tutti si erano rimessi buoni.

Tornando al tema. Avrebbero dovuto decidere di quale nonno scrivere, potevano scegliere se parlare direttamente con l'interessato (fonte diretta) oppure se chiedere a chi il nonno lo aveva conosciuto (fonte indiretta). Non doveva essere una favola. Poteva essere un'intervista con una persona sola oppure con diverse. Non importava che il nonno in questione fosse in una casa di cura, che la mamma lo volesse vedere morto, che stesse a Verona (che comunque è in Veneto), non importava che fosse matto, vecchio o morto.

Potevano parlare del lavoro o del privato, dell'amore, dell'amicizia, delle sue passioni. E, no, Ardito non poteva andare in bagno, glielo aveva già detto, doveva aspettare che finisse la spiegazione.

Il prof era inarrestabile: quel compito doveva proprio piacergli molto. Non potevano capire chi fossero se non sapevano da dove venivano, come una specie di esplorazione, di caccia al tesoro senza il tesoro. Insomma, una fregatura.

Una mano alzata. Carlo (l'unico alunno degli ultimi dieci anni al quale fosse stato concesso l'onore di ripetere la quinta elementare) scalpitava sulla sedia già da qualche minuto, come chi ha in serbo una perla da condividere con tutta la classe. Il prof Raimondo lo aveva guardato: «Avanti, qualsiasi cosa tu debba chiedere, fallo il più velocemente possibile».

– Ma se i nonni erano morti tutti quanti, siamo giustificati?

Poi aveva iniziato a ridacchiare e qualcuno gli era andato dietro. Ardito aveva smesso di palleggiare sotto il banco con la sua palla di carta e aveva guardato Matteo, che faceva finta di doversi allacciare le scarpe ma l'unica cosa che avrebbe voluto annodare sarebbero state le dita attorno al collo di Carlo.

– Se i tuoi nonni FOSSERO morti, secondo le tue giustificazioni incrociate con gli altri insegnanti, l'AVREBBERO FATTO sette volte negli ultimi tre anni. Sono dei professionisti, Carlo...

Detto questo, il prof aveva passato in rassegna la sua classe, sperando di trovare un'ombra di interesse nello sguardo di qualcuno. File di mezzo, prime, ultimi banchi. Niente, encefalogramma piatto.

Il prof Raimondo non andava più allo stadio perché non sopportava che la passione fosse svanita, e con essa i sogni, la voglia di conquistarsi qualcosa con le proprie forze, il proprio fiato, le proprie gambe. Però aveva continuato a insegnare. Con i calciatori non aveva più speranze, ma con i ragazzini forse poteva ancora fare qualcosa.

Aveva studiato gli sguardi di tutti, cercando quel luccichio tipico degli esploratori dell'ordinario, quegli individui rarissimi che non corrono a destra e sinistra cercando continue emozioni, ma che si dedicano a scoprire meraviglie scavando in profondità. Qualcuno in quella classe doveva pur averlo, quel luccichio!

Che palle, anche il tema. Ardito lo avrebbe dovuto scrivere velocemente, così da non averlo tra le scatole durante la preparazione delle partite. Aveva alzato la mano, di nuovo.

– Quanto deve essere lungo, il tema?

– Non conta quanto è lungo, ma quanto vale.

Altra supposta di saggezza.

– Quindi va bene anche corto – aveva precisato Ardito. Fidarsi era bene, ma non fidarsi era meglio, soprattutto dei professori.

Il prof lo aveva puntato così intensamente che sembrava

avesse gettato un amo dentro i suoi occhi. No. L'esploratore che stava cercando non poteva essere lui.

Mancavano dieci minuti all'intervallo. Ardito aveva staccato il cervello da tema e campionato per collegarlo a una questione ben più importante: schiacciata alla mortadella o cotto e fontina? Il calo di zuccheri è il nemico numero uno del giocatore.

Scelta dura quella della schiacciata all'intervallo, sempre che uno riuscisse a conquistarsela. Il fornaio, infatti, ne mandava pochissimi pezzi e per accaparrarseli non c'era altra strada che uscire di classe qualche minuto prima del suono della campanella. Una specie di selezione naturale, per decretare l'evoluzione della specie: solo i migliori avrebbero mangiato la schiacciata. Gli altri, il panino molliccio. I più sfigati quello con il pomodoro e la mozzarella che non si capiva bene perché continuassero a farlo, visto che non lo voleva mai nessuno.

Ardito aveva preso la gomma e ci aveva scritto sopra: *Ci vediamo fuori.*

L'aveva passata a Elide, che l'aveva passata ad Aurora che, sbuffando, l'aveva passata a Matteo, che aveva sgranato gli occhioni, come dire: "Uscire?! Adesso?!".

In accordo con la nuova disposizione ministeriale n. 865.23 bis per la quale alla terza richiesta il prof presente in classe è obbligato a mandare un alunno in bagno,

Ardito aveva chiesto per la terza volta il permesso di uscire. Annuendo senza scelta, il prof aveva pensato che gli sarebbe davvero piaciuto dare un Dadieci.

Il prof Raimondo aveva una scala di voti tutta sua. Non gli piacevano i giudizi fissi, decisi da qualche ufficio del Ministero, e meno che mai gli piacevano i numeri. Da quando aveva iniziato a insegnare alle medie, aveva visto cambiare le scale di valutazione così tante volte, che aveva finito con l'irritarsi. Diceva sempre che bisognava essere chiari ma con creatività, per cui si era inventato una scala personale e brevettata; infatti vicino a ogni voto metteva la © di Copyright.

Il voto più alto era DADIECI, ovvero "un tema da dieci". Nel suo personale curriculum di insegnamento, il prof Raimondo non l'aveva mai dato, e per questo negli ultimi anni (stava proprio invecchiando) si era spesso sentito in colpa. Continuavano a tornargli in mente dei temi sui quali forse era stato poco generoso.

La scala continuava: invece di Distinto c'era DISTINTO SIGNORE, perché accanto al voto il maestro disegnava un cilindro, un paio di guanti, una bombetta, un papillon, insomma qualcosa di distinto, a seconda dell'ispirazione del momento. Nel mondo c'era un gran bisogno di cose che si distinguessero. Era il voto che dava più volentieri, perché diceva che nella vita è meglio non avere il massimo, altrimenti ci si siede sugli allori.

Poi venivano BON TON: buona prestazione, ma niente di sconvolgente. PUOI FAR DI MEGLIO: un tema corretto, ma che non avrebbe sicuramente cambiato il corso dell'universo, e INSOMMA, l'ultimo voto sufficiente nella scala.

Al di sotto si spalancava la botola dei voti brutti. Nell'ordine, TUTTO QUI?, RITENTA E SARAI PIÙ FORTUNATO, STAI SCHERZANDO? e NON CI CREDO. Praticamente uno scivolo in pendenza verso l'inferno, visto che i voti andavano fatti firmare dai genitori.

E poi c'era lui, il voto peggiore, quello innominabile, QUATTRO RISATE: un tema talmente brutto che faceva ridere anziché piangere.

Vittoria.

Ardito si era conquistato il pezzo di schiacciata con la mortadella. Accanto a lui Tommaso, compagno di squadra e di classe, che aveva simulato un attacco fulmineo di mal di pancia. Mancavano cinque minuti buoni prima che la campanella suonasse.

– Matteo non esce sicuro.

– Allora uno contro uno?

Tommaso gli aveva sorriso. – E la palla?

Se un ragazzino di tredici anni vuole giocare a calcio,

l'ultima domanda da fare è: "E la palla?". Una palla in natura esiste sempre. E se non si trova, è possibile crearla.

Quella volta: scotch recuperato dalla scrivania incustodita del bidello avvolto intorno a mela acerba sfilata dalla tasca del cappotto di un primino. La palla marrone, irregolare ma quasi sferica, era pronta davanti a loro.

Uno contro uno era sempre una gran soddisfazione. Piena concentrazione sulla palla e sulle gambe dell'avversario, sulle tibie da sfondare. Girarsi, scattare. Spintone. Non vale. Dai! Destra, sinistra. Finta, scarto, tiro!

Ardito era *costruito* per giocare. Gli avevano progettato le gambe soltanto per avere una palla da calciare. E cosa ci poteva essere di più bello che correre con la porta in vista?

Correre sul campo, sull'erba fresca, con il fiatone, il cuore che sembra che stia per scoppiare, gli occhi che ti si appannano per il sudore, la sensazione di essere un coltello, un coltello che taglia in due l'aria, l'aria che quando sarai passato non sarà mai più quella di prima... Gli ultimi quindici passi prima di tirare in porta. La liberazione, la sfida, il mondo che si ferma per te. Poteva solo immaginare chi lo faceva tutto il giorno, di mestiere. Che figata.

L'area di rigore. Vedeva i suoi piedi, sentiva l'istinto dire: adesso. Non aspettare, tira. Quando colpisci la palla, in quegli attimi di attesa del suo destino che diventa il tuo, il mondo sembra entrare in modalità "silenziosa". Tutto è ovattato. I rumori sono lontani, gli spalti solo un'eco di fondo, come i tuoi compagni di squadra che urlano, il tifo, i cori, il vento (se tira vento), la pioggia (se piove), il rumore della palla che buca l'aria, la palla che entra nell'angolo.

Poi finalmente un rumore, il mondo torna in modalità normale, un rumore come di vetro che si frantuma, una campanella (ma che ci fa una campanella in campo?), il prof Raimondo che gli va incontro correndo e gli fa segno di fermarsi...

Il prof Raimondo?!

A tredici anni la vita non è mai eccessivamente complicata, soprattutto se ti sei aggiudicato la schiacciata con la mortadella e stai giocando uno contro uno, in attesa che suoni la ricreazione.

Però, se credi di essere su un campo da calcio, e invece sei nell'atrio della scuola, la faccenda può diventare più complessa.

Interno, scuola, ufficio del preside, giorno.

Personaggi coinvolti: Pipì (il Perfido Preside), Alessandro ed Elena, genitori di Ardito.

– Una vetrata originale, capite il danno?

– Preside, certo, noi...

– Una vetrata originale dei primi del Novecento, che era nella nostra scuola fin dalla fondazione...

– Assolutamente.

– Una delle due uniche vetrate che riportavano l'anno dipinto sopra...

– Eh, ma che sfiga!

Alessandro pensava di aver pronunciato la frase tra sé, ma a giudicare dallo sguardo di Elena e del preside doveva essergli uscita di bocca a volume un po' troppo alto. Aveva corretto il tiro con un: – Scusate.

– Una parte originale della scuola scomparsa per sempre... Spero capirete la gravità dell'atto e il motivo per cui vi ho fatto chiamare.

– Certo.

– Un fatto increscioso, un terribile esempio per tutti gli studenti. Una ferita all'istruzione. Cosa diranno i genitori, i genitori che si fidano di noi, e ci affidano i propri figli? Quei genitori che riescono a dar loro delle minime regole civili?

– Guardi che nostro figlio le regole civili le conosce...

– E utilizzare il corridoio scolastico come campo da calcio ne è certamente un ottimo esempio.

Elena aveva incassato in silenzio, ma Alessandro si era sentito personalmente coinvolto.

– Signor preside, io capisco, ma è un ragazzino che ama giocare a pallone! Piove da due settimane, vede, il punto è che non si allenava, non poteva correre, è chiaro che poi se vede un corridoio lungo, con una finestra in fondo che sembra una porta, la fantasia galoppa! E meno male! A lei non è mai successo di galoppare con la fantasia?

– No.

Elena guardava suo marito, domandandosi sinceramente se avrebbe dovuto, nella sua missione educativa, dare la priorità al figlio o a lui.

– Signor preside, ovviamente penseremo noi a rimettere tutto...

– Ecco qual è il problema: voi pensate di risolvere tutto *pagando*. Il punto non è il vetro. È il rispetto.

– Ardito avrà la sua punizione, se è questo che teme. Le garantisco che il messaggio passerà in modo molto chiaro.

– E come, se posso permettermi? Mi dicono che siete soliti lasciare vostro figlio da solo anche per mesi interi per andare a scalare montagne.

Da lì la discussione era degenerata. Le tre voci si erano mescolate, alterate e alzate. Geologi, passeggiatine in montagna, lavoro, responsabilità, rispetto, immaturi, come si permette?, fino a che non era emerso un: – Si vergogni!

In quel momento, Ardito, che origliava da fuori, aveva avuto la netta sensazione che la discussione non si stesse mettendo molto bene.

L'ultima frase era stata: – Vi farò mandare a casa la fattura.

2 DICEMBRE

L'AEREO

In aeroporto sembrava che tutti sapessero esattamente dove andare, come se in terra ci fossero delle frecce con le direzioni da prendere. Ardito, invece, sbadigliava e seguiva a testa bassa i piedi dei suoi genitori, le loro scarpe da trekking, arrivando al massimo a guardare gli zaini che gli ballonzolavano davanti.

Erano le 5.15 del mattino, non era così lucido per capire dove si trovasse, ma abbastanza per realizzare che la punizione che gli era toccata per il vetro della finestra originale dei primi del Novecento eccetera eccetera era stata peggiore delle stime più nere.

Niente calcio, niente allenamenti, niente partite, niente contatto con oggetti sferici fino a nuovo ordine, ovvero niente calcio, niente allenamenti, niente partite, niente contatto con oggetti sferici almeno fino al ritorno dei suoi genitori, quindi per almeno tre settimane.

Tre settimane infinite in cui i suoi sarebbero stati in Bolivia a studiare le montagne e lui sarebbe dovuto stare dalla nonna. Tre settimane di morte sociale, considerato che in casa della nonna non si poteva nemmeno correre, altrimenti si spostavano i tappeti e lei diventava isterica.

Quando avrebbe avuto una casa tutta sua, Ardito i corridoi li avrebbe riservati solo alle scivolate. Tre settimane circondato solo da femmine, quattro per la precisione, nessuna delle quali troppo normale. Oltre alla nonna, infatti, c'erano le sue cugine, Oriana (quindici anni) e Angelica (sette), e la zia Malvina. D'accordo, c'era anche il nonno, ma lui non contava.

Avrebbero potuto togliergli tutto (Playstation, televisione, amici) ma non il calcio. Non le linee bianche dritte e precise, non l'erba tagliata tutta uguale, non le porte sullo sfondo. Neanche le panchine, che in teoria non sopportava. Il mondo senza calcio era peggio di un mondo senza colori, senza cioccolata, senza patatine. Ardito si sentiva come se gli fossero passati sopra con un'enorme gomma da cancellare. Erano partiti dalle gambe e lui aveva provato a ribellarsi. Si sentiva come se lo avessero ridotto a un busto come quelli dei compositori appoggiati sul pianoforte.

Se avesse potuto, la gomma l'avrebbe passata lui sulle montagne verso cui i suoi erano diretti, le montagne a cui tenevano così tanto. Erano due geologi, i suoi genitori. Due tipi simpatici, ma non in quel preciso momento. Ardito si immaginava la scena in aereo, si immaginava l'hostess che diceva: – Si avvertono i gentili passeggeri che il viaggio che preparano da anni, la spedizione di ricerca cofinanziata dalle Università di Firenze, La Paz e Chissadove, per studiare le conformazioni delle Ande boliviane è annullato. Siamo spiacenti, signori, ma la Cordillera de los Frailes non esiste più.

– Come, non c'è più? Cosa è successo?

– Eh, boh. Qualcuno l'ha cancellata.

Non gli interessavano le spiegazioni del babbo, che da anni cercava di farlo appassionare a quegli strati di roccia. Non gli interessava che fossero di sette, otto, nove colori, che si muovessero ancora. Chissenefrega! Non gli interessava che studiarle fosse come leggere un libro, in cui ogni sedimento racconta quello che è avvenuto durante le ere geologiche, e quali condizioni atmosferiche e forme di vita si sono succedute. Come se di libri da leggere non ce ne fossero già abbastanza per colpa della scuola!

Perdendo ogni dignità, Ardito aveva optato per la strada della pietà.

– Ma a Tommaso non gli hanno dato una punizione così, lui può continuare a giocare...

– Non mi interessa quello che succede a casa di Tommaso.

– Mamma, per favore, solo la partita di oggi, non posso lasciare la squadra senza capitano...

– Sì, figurati, non giochi mica nella Nazionale...

«Non ancora, bella, è solo una questione di tempo.»

– Sono sicura che se la caveranno benissimo.

– Ti prego, ti prego, ti prego, toglimi qualsiasi altra cosa, ma non il calcio...

– È proprio per questo che te lo tolgo.

– Farò qualsiasi cosa, qualsiasi...

– Qualsiasi?

– Qualsiasi.

Elena ci aveva pensato un attimo. Forse c'era una speranza.

– Bene. Per riprendere a giocare voglio un Dadieci nel tema di italiano.

– Ma lo sanno tutti che il prof un Dadieci non lo ha mai dato!

– Non avevi detto che avresti fatto qualsiasi cosa?

– Ma questa è impossibile: ce ne deve essere un'altra! Apparecchierò tutti i giorni!

– Questo era scontato.

– Giuro di non litigare con Oriana e Angelica...

– Non è rilevante.

– Mamma, dai! Pioveva da due settimane, non mi allenavo, non potevo correre, ho visto un corridoio lungo, con una finestra in fondo che mi sembrava una porta e ho cominciato a galoppare con la fantasia! Non vi è mai successo di galoppare con la fantasia?

Ardito aveva guardato il suo babbo, come a dire: – Ti ho sentito con le mie orecchie mentre sostenevi questa tesi –. Anche Elena aveva fissato Alessandro e la sua espressione diceva: “Giustificalo e ti garantisco che tu in Bolivia, vivo, non ci arrivi”.

Alessandro, tra due fuochi, era rimasto in silenzio.

Ultima chiamata per il loro volo. Elena e Alessandro si erano sistemati gli zaini sulle spalle. Ardito si era sentito piccolo piccolo.

La mamma gli aveva dato un bacio, guardandolo con i suoi occhi verdi così profondi che ad Ardito era parso di affogare.

Poi tutto era stato come marmellata.

Un bacio, i saluti, i loro profili sempre più lontani. Il rumore della frizione della macchina della nonna che lo accompagnava a scuola.

Gli sbadigli, i compagni di classe che parlavano dei nonni e del tema, e poi tornare a casa, e poi saltare gli allenamenti.

E poi WhatsApp. Tommaso.

Che figata la partita!

Emoji e stickers a profusione.

E quelle parole: *Non preoccuparti, è andata alla grande!*

Certo, come no. Non preoccuparti. Avevano vinto 5 a 3 contro il Manzo Team, roba da non credere.

Il Manzo Team era una squadra forte, che stava nei primi tre posti della classifica; i giocatori erano tutti belli piazzati e vincevano facile nei testa-a-testa. Era scontato che il Rapid Ripoli avrebbe perso. Ardito quasi l'aveva sperato. Aveva sperato che senza di lui la squadra giocasse peggio del solito, che facesse qualche sciocchezza. E invece la partita non solo era andata, ma era andata alla grande.

Se li poteva immaginare, gli ultimi fotogrammi di gioco. Fatiche, pali, rimbalzi, reti gonfiate, freddo, caldo, botte, calci, magliette, scarpe, i suoi compagni. Se li immaginava in campo, mentre si abbracciavano e stringevano le mani agli avversari, e avvertiva una cosa strana all'altezza dello stomaco, come se qualcuno ci stesse facendo delle polpette.

L'umore era sotto i tacchetti, anzi, sotto le suole, perché ai piedi aveva le scarpe normali.

Un'altra partita così non l'avrebbe retta. Doveva scegliere un nonno, scriverci un tema e conquistare quel maledetto Dadieci.

3 DICEMBRE

IL NONNO

I nonni si possono dividere in quattro categorie: la prima è quella dei nonni vivi, che ancora camminano da soli, magari addirittura vivono da soli, che hanno un hobby. Ci sono quelli che aggiustano le biciclette, quelli che fanno da mangiare, quelli che hanno la passione per le macchine belle, per il punto croce, il burraco, quelli che pescano.

Lì può andarti bene, male, bene-bene o male-male: qualcuno è divertente, qualcuno una palla assurda, che si deve andare a trovare almeno una volta alla settimana.

Per Ardito, i sordi, i ciechi e quelli un po' fuori di testa rientravano comunque nella prima categoria. La nonna di Sara, per esempio, non ci vedeva quasi più e lei, due volte alla settimana, doveva andare a leggerle il giornale. Tutto, dalla prima all'ultima pagina, compresi gli annunci del mercato immobiliare, l'oroscopo e le pubblicità.

Una volta, giustamente, le era venuto il dubbio che la nonna ci vedesse benissimo, perché la riprendeva ogni volta che saltava anche solo una riga.

La seconda comprende i nonni morti e su quelli c'è

poco da fare. I nonni morti, a differenza di quelli vivi, non sono mai molesti: basta andare ogni tanto al cimitero e la questione è finita lì.

Il re della categoria era Carlo, al quale, dalla seconda elementare alla quinta, secondo le giustificazioni riportate in classe, ne erano morti ben sette. Subito dopo veniva Matteo, a cui erano morti tutti prima che nascesse.

La terza categoria è quella dei nonni invisibili, ovvero quelli che non si vedono mai, ma che puntualmente per natali e compleanni sganciano soldi o regali. I nonni invisibili sono una specie in via d'estinzione, più rara dei panda.

La quarta, poi, è quella dei nonni a metà, quelli che sono vivi, sì, ma non troppo.

Rispetto alla gran parte dei suoi compagni, Ardito partiva con il 50 per cento di possibilità in meno. Non poteva scegliere tra quattro nonni, perché due erano morti prima che lui nascesse. Ne rimanevano due. Anzi, diciamo uno e mezzo.

La nonna intera, quella in categoria "vivi" , era nonna Emma. Progettata per non stare mai ferma non tollerava nemmeno che fermi ci potessero stare gli altri. Lei funzionava con la filosofia del "Bellino, vieni, fammi un piacere".

Aiutarla a portare la spesa, riordinare, apparecchiare,

sparecchiare, rigovernare, spolverare, ripiegare le lenzuola asciutte, rifarsi il letto, rimettere a posto i cuscini del divano, i tappeti, i giochi, le matite, i Dvd, tagliare il capo e la coda dei fagiolini. A volte pulire l'argenteria. Una serie di attività infinite che investivano chiunque si trovasse nel raggio visivo della nonna, che ci vedeva benissimo anche senza occhiali. Ardito era indeciso se quella peggiore fosse rispondere al telefono alle sue amiche o sgranare i piselli, perché la nonna i piselli non li comprava mai surgelati, ma sempre freschi; erano grandi il doppio, molto più buoni, ma andavano sgusciati a mano, a uno a uno.

Rimaneva il nonno Marzio, che apparteneva senza dubbio alla quarta categoria, ovvero "quelli a metà". Non essendo morto, infatti, non rientrava nella seconda categoria, ma Ardito non lo avrebbe nemmeno inserito nella prima. Era sicuramente malato, ma lui ignorava di quale malattia si trattasse e per la verità non gli interessava neanche.

Il nonno Marzio non si alzava mai, stava tutto il giorno o sulla carrozzina o a letto, puntellato con i cuscini, perché non cadesse. Ogni due settimane andava a fare le analisi. Parlava poco, sicuramente non con Ardito, qualche volta urlava, e molto spesso, quando mangiava, sbavava.

Era evidente che quel nonno non era materiale per il Dadieci. Quel nonno non era materiale per niente: a cosa serviva vivere in quelle condizioni?

Non c'erano alternative, il tema andava fatto su nonna Emma.

– Nonna?

Ardito si era avvicinato di soppiatto, mentre pisolava su una sedia del tinello. Ma come faceva a dormire su una sedia?

Nonna Emma era una che dormiva poco. La mattina faceva colazione verso le 5, poi iniziava le pulizie di casa. Alle 9 per lei era già tardi, mattina inoltrata. Inconcepibile pensare che qualcuno dormisse fino alle 10 o addirittura oltre, e in quei casi le cose erano due: o si sentiva male, o andava svegliato. Quando, però, si sedeva da qualche parte, anche per dieci minuti, cadeva in uno stato di trance, come quei velisti che si sono allenati a dormire profondissimamente in pochi, concentrati momenti. Crollava, ricaricava le pile e quando si risvegliava, ripartiva più veloce di prima, come per recuperare il tempo perso.

– Nonna?

Appena la nonna aveva aperto un occhio, Ardito era partito in quarta: doveva fare un tema su di lei per il compito di italiano.

– Su di me?! Hai visto il posacenere? – gli aveva chiesto, stiracchiandosi.

– Sì, sì, su di te. Mi racconti qualcosa di bello?

La nonna era già in piedi, alla ricerca del posacenere.

– E che vuoi che ti racconti di bello? A me le giornate mi passano tra il nonno da badare, le pasticche da prendere, le cose da lavare... Ma chi lo ha spostato...

«Dadieci addio» aveva pensato Ardito.

– Mi va bene anche qualcosa del passato, tipo un ricordo.

Emma, con la sigaretta accesa e mezza consumata, continuava a cercare il posacenere. – Quello a forma di diavolo, hai presente?

– Quello brutto?

Ardito lo aveva visto sul tavolino e glielo aveva passato. Eccola lì, la faccia di un diavolo dalla bocca larga.

– Brutto?! Questo è antiquariato caro mio, è il primo...

– Emmaaa!

Eccolo il nonno che chiamava. E la nonna si era interrotta.

– Il primo?

Ardito aveva provato a continuare il discorso, ma il sistema operativo della nonna era già in modalità “pronto soccorso”. Aveva spento la sigaretta ed era partita in quarta. Ardito l’aveva seguita.

Arrivati in salotto, avevano trovato il nonno ripiegato su se stesso, quasi in terra. Generalmente la nonna lo puntellava con i cuscini e gli sistemava le gambe in alto, in modo che non si muovesse, ma qualcosa doveva essere andato storto.

La nonna si era subito adoperata per salvare la situazione e questo, per Ardito, era stato sufficiente per sentirsi in pace con la sua coscienza: c'era lei, tutto a posto. Stava già virando verso il tinello, sperando che il nonno non urlasse troppo e gli impedisse di sentire la televisione, quando un senso di colpa lo aveva ripreso per il cappuccio della felpa. E se il nonno fosse caduto e si fosse fatto male?

Ma dai, sicuramente la nonna lo aveva già rimesso a posto.

«Almeno vai a dare un'occhiata.»

Maledetto senso di colpa. Ardito era tornato in salotto.

– Bellino, aiutami! – gli aveva chiesto la nonna.

Il nonno aveva messo un piede a terra e cercava di metterci anche una mano: doveva fare qualcosa, altrimenti sarebbe cascato sicuro.

Avevano iniziato a tirarlo per un braccio con tutte le loro forze, cercando di fare da contrappeso per rimetterlo seduto sulla poltrona, ma pesava troppo, eccome se pesava.

– Dai, Marzio, aiutaci!

– Non c'è, non c'è più. Perché lo hai preso? –. Il nonno aveva lo sguardo fisso su di lui.

Che cosa *non c'era*? Gli occhi celesti erano uguali ai suoi.

– Dove lo hai messo? Dove lo hai messo? – insisteva il nonno, con gli occhi lucidi che guizzavano via, come due pesci. Si era appoggiato sulle sue spalle. Ardito aveva paura che cascasse da un momento all'altro.

– Io non ho preso niente!

– Non lo trovo, non lo trovo...

La nonna gli rispondeva e lo tirava.

– Non lo trovi perché non c'è niente; c'è solo il tappeto, vedi?

– Me l'hai rubato, me l'hai preso!

– Io non ti ho preso proprio niente!

– Il brillante, il brillante...

Ardito non riusciva più a tenerlo, pesava, la voce era sempre più alta, la mano sempre più stretta, gli stringeva le spalle, gli faceva male. A momenti sarebbe caduto.

Poi, d'un tratto, il nonno si era calmato, spento. I muscoli si erano rilassati, anche quelli della faccia. Qualche lacrima, ma Ardito non se ne era accorto. Insieme con la nonna, senza più parlare, lo avevano sistemato di nuovo sopra la poltrona. Bastava premere un tasto del telecomando e abbassare il poggiapiedi.

Sfinito da quella ricerca, il nonno aveva chiuso gli occhi e si era messo a dormire. Aveva completamente abbandonato la testa da una parte e aveva iniziato a sbavare. Un filo trasparente pendeva dall'angolo della sua bocca, come quello di un ragno.

Quando Ardito faceva le gare di sputi con i suoi amici, e le femmine urlavano, non aveva mai pensato che potesse risultare così schifoso. Gli era sempre sembrata una cosa divertente e ora non riusciva nemmeno a guardarla.

Sapeva di avere in tasca un fazzoletto, avrebbe potuto usarlo, bastava tirarlo via, ma non ci riusciva. Di colpo anche l'odore del nonno gli era sembrato insopportabile. Forte e insopportabile.

– Nonna, scusa, ma cos'ha il nonno?

– Nulla.

– Come nulla, se urlava come un pazzo?

– Nulla, ti ho detto, sono allucinazioni.

Ma che significa sono allucinazioni?

– Allucinazioni di che?

– Ma niente...

– Come niente? Dice che ha perso qualcosa...

– Ah sì?!

– Non l'hai sentito? Che avrà perso?

– Non è importante, Ardito, è così, il nonno...

– È così *come*? Nel senso che è così la malattia?

– Sì, è così la malattia.

– E che malattia è?

– Via, Ardito, non tartassarmi di domande, c'è da fare anche la cena.

Il discorso era chiuso. Erano allucinazioni, punto.

4 DICEMBRE

LA MACCHINA (O LA CARROZZINA)

Anche se erano passati due giorni dalla partita con il Manzo Team, Tommaso non parlava d'altro, come se fosse stata l'impresa dell'anno. Come se avessero vinto contro la Juventus. Il fenomeno. Che aspettasse di giocare contro l'All Star Arcetri la domenica dopo, pensava Ardito. Poi ne avrebbero riparlato.

A ricreazione, sperando di arginarlo, aveva provato a buttare il discorso sul tema, ma anche lì Tommaso era partito in quarta: alla grande! Era già uscito con suo nonno, che l'aveva portato in giro sulla sua Enzo. Gli aveva promesso che gliel'avrebbe fatta guidare, che gli avrebbe insegnato: lui aveva iniziato a quattordici anni, quindi era quasi il momento. Imparare su una Ferrari Enzo non era mica da tutti! Il nonno aveva spiegato a Tommaso un sacco di cose sul motore delle auto, di come aveva conquistato la nonna, dei circuiti, della sua collezione di multe per eccesso di velocità. Gli aveva anche raccontato delle corse dei cavalli, dove ogni tanto andava a scommettere.

Ci sarebbero state mille cose da chiedere, ma Ardito mai

e poi mai gli avrebbe dato quella soddisfazione. Già aveva preso il suo posto in squadra, già giocava le sue partite, con la sua fascia da capitano; no, anche la soddisfazione del nonno non gliel'avrebbe data.

Sperando che ci fosse qualcuno messo peggio di lui, Ardito si era girato verso Matteo. A lui, invece, come andava il tema?

Matteo non sapeva dire se stesse andando bene o male. I suoi nonni erano morti e quindi doveva chiedere tutto a sua mamma. Peccato che ogni volta che iniziavano a parlarne, lei si metteva a piangere. Matteo le aveva detto che non importava, che poteva inventarsi qualcosa, ma lei aveva insistito: le faceva bene parlarne. Le avrebbe fatto pure bene, ma quando affrontavano il discorso, la mamma ricominciava a piangere e rimanevano sempre a metà...

Be', avere un discorso a metà era sempre meglio che non avere niente. Tutti avevano un sacco di cose da scrivere; l'unico con i genitori dall'altra parte del mondo, una volta che gli sarebbero anche serviti, due cugine che non volevano collaborare e la nonna che cambiava discorso era lui.

– Magari sei tu che non fai le domande giuste– aveva ipotizzato Matteo.

– E cosa dovrei chiedere, secondo te?

– Le solite cose che si chiedono.

– E quali sono, le solite cose?

– Tipo tre aggettivi con cui si descriverebbe, i suoi punti di forza e di debolezza, raccontare la situazione più difficile che ha dovuto affrontare e come l'ha risolta, come si vede tra un anno...

– E a te sembrano domande normali?

– Fidati, il mio babbo lavora nelle risorse umane e lui fa sempre queste.

– E da quale inizia?

– L'importante è parlare d'altro e poi, quando vedi che la situazione è tranquilla, porti il discorso su quello che vuoi tu, senza fare domande secche.

– Ma perché se devo chiedere una cosa prima ci devo girare intorno?

– Perché con le donne funziona così.

Sebbene ad Ardito le domande di Matteo non sembrassero un granché, a pranzo era partito all'attacco prendendo il discorso alla larga.

Erano tutti a tavola: nonna, nonno, Oriana e Angelica, le cugine. Il nonno era seduto sulla sua carrozzina tra Oriana e la nonna, che lo imboccava. Ardito aveva raccontato di Tommaso e del suo nonno con la Enzo, del circolo dei canottieri, delle corse dei cavalli e della collezione di multe per eccesso di velocità. L'atmosfera sembrava abbastanza rilassata: era il momento giusto.

– Nonna, ti ricordi quella cosa del tema?

– Del tema?

– Sì, che devo fare un tema su di te...

Angelica lo ascoltava in silenzio, domandandosi dove volesse andare a parare.

– Oggi ne avrei una da raccontare... Ieri c'è mancato poco che il nonno cascasse dalla carrozzina, ti ricordi? Ecco, stamattina ce l'ha fatta!

– Come, è caduto? –. Oriana si era subito allarmata.

– Ma tanto io lo sapevo che finiva così...

La nonna era partita a raccontare della caduta come se il nonno non fosse presente nella stanza, come se non la stesse ascoltando. Ma lui invece c'era. C'era eccome.

– Ancora con quella storia che ha perso qualcosa... Ero a spolverare in salotto e mi è andato giù con un tonfo. Ma colpa mia, colpa mia... D'ora in avanti non si può lasciare più senza legarlo...

A quel punto si era alzata e aveva iniziato a sparecchiare per tutti, anche se non avevano ancora finito il secondo. Non stava parlando direttamente a nessuno di loro, era una specie di fiume in piena.

– Mi è toccato correre alla farmacia e prendere il ghiaccio spray... –. Nel frattempo era già in cucina.

Il nonno l'aveva seguita con lo sguardo. Si era portata via anche il suo cucchiaio.

– Nonna, – l'aveva chiamata ad alta voce Ardito dal tinello – mi dici tre aggettivi con cui ti descriveresti?

– Mi ci manca solo il test... – gli aveva risposto la nonna, che ormai era immersa nel sapone dei piatti.

Fallimento su tutti i fronti. Non ne aveva rimediato nulla. Poteva sempre chiedere una mano a sua cugina.

– Oriana, mi racconti te qualcosa sulla nonna?

– Perché? Mi sembra che tu te la stia cavando alla grande...

– Simpatica...

Il semolino colava dalla bocca del nonno. Che schifo.

– Che hai da guardare? Ti sei visto come mangi te? –. Oriana era scattata in difesa del nonno.

– Io almeno non sbavo.

Erano rimasti un attimo a fissarsi in silenzio.

– Perché il tema non lo fai sul nonno Marzio? – si era intromessa Angelica.

– E perché tu non ti fai i fatti tuoi?

Angelica non gli aveva risposto, lo aveva solo guardato, generando un lago di silenzio che Ardito aveva sentito subito la necessità di colmare.

– Cosa c'è da raccontare di uno che vive inchiodato a una carrozzina?

Angelica gli aveva sorriso. – Perché? C'è bisogno di muoversi per essere interessante? Prendi te, per esempio: ti muovi tanto, ma non interessi a nessuno.

Oriana e Angelica vivevano insieme alla zia Malvina al piano di sotto della casa dei nonni. In teoria quella era una sistemazione provvisoria, avevano ripetuto loro mille volte, ma entrambe avevano iniziato a domandarsi se dopo un anno e mezzo la situazione si potesse ancora definire tale. Avevano anche iniziato a domandarsi se il loro babbo sarebbe più tornato. Oriana si era risposta: no. Angelica: certo che sì, bastava solo avere un po' di pazienza.

Angelica, sette anni e mezzo, era tutto quello che si poteva desiderare da una bambina: bravissima a scuola, divertente, sveglia, ubbidiente, silenziosa al momento giusto. C'erano alcune cose in lei, però, che sembravano montate al contrario. Per esempio non le piaceva guardare la televisione, e solo per questo Ardito non poteva accettarla come cugina. Come era possibile non amare la Tv? Non le piaceva nemmeno il calcio, ma questo in una femmina era piuttosto normale. Se avesse trovato una donna a cui piacesse il calcio, Ardito l'avrebbe sposata subito.

Quello che le piaceva più di ogni altra cosa era aiutare le persone. E non si accontentava della sua famiglia; il bidello, le maestre, le sartine da cui andava sempre la nonna, le persone in fila alla posta, la proprietaria della cartoleria, le mamme dei bambini che piangevano al parco: chiunque, anche chi non conosceva. Per tutti ci poteva essere qualcosa da fare.

Una vocazione, la sua, che era nata così: l'anno prima l'avevano scelta per interpretare l'angelo della grotta di

Betlemme alla recita del catechismo, cioè l'angelo che aveva annunciato ai pastori la nascita di Gesù. La sua catechista, l'Adriana, lavorava più o meno da sei anni alla stesura della sceneggiatura, alla quale teneva particolarmente. Appena le avevano affidato la parte, Angelica era impazzita di gioia e si era convinta di essere davvero un angelo, prendendo la sua missione molto seriamente. Lei era un angelo custode. Nessuno era più riuscito a convincerla del contrario.

La zia Malvina l'aveva anche mandata dallo psicologo (era il momento in cui lo zio, l'*ex* zio, era andato via di casa), ma Angelica non aveva voluto sentire ragioni: lei era l'angelo custode di casa sua. Poteva mica essere un caso che si chiamasse Angelica? Senza contare che non avrebbe dovuto nemmeno cercare un lavoro. Lo aveva già.

Dopo il panico iniziale, molte sedute, tanti soldi e nessun risultato, la zia Malvina aveva lasciato perdere. Tutto sommato, avere un angelo custode in famiglia faceva un gran comodo, visto che quando c'era da dare una mano Angelica era sempre in prima linea.

L'unica cosa su cui aveva continuato a insistere, fino alla prima elementare, era che avrebbe avuto bisogno di un unicorno. La zia aveva interpretato questa fissazione come la voglia di frequentare un corso di equitazione. Angelica era quindi stata portata in un maneggio, ma arrivata al momento di montare su un pony, candidamente aveva chiesto: – Ma il corno e le ali dove sono?

La zia, sorridendo, le aveva spiegato che in natura esistevano i cavalli, i pony, gli asini e i ciuchi. Tutt'al più le zebre, ma poi la gamma equina era finita. Non le bastavano? Angelica però era serissima. C'era poco da scherzare: si era mai visto un angelo su un ciuco? Su un pony?

– Amore, Angelica, gli unicorni non esistono, lo sanno tutti!

Figuriamoci. Se uno avesse dato retta alla gente, anche gli angeli non sarebbero esistiti, e lei era l'esatta dimostrazione del contrario.

Da lì, tutti avevano cercato di spiegarle che gli unicorni erano animali inventati, un prodotto della fantasia. Era già alla scuola primaria: non poteva proprio credere a tutto, no? Risultati, nessuno. Così, uno dopo l'altro, tutti ci avevano rinunciato. In fondo che noia dava? Le lezioni di equitazione sarebbero costate tantissimo, quindi meglio così.

Ogni volta che Angelica incontrava un cavallo, lo guardava fisso negli occhi, come se gli stesse leggendo nel pensiero, per poi arrivare alla conclusione: – Niente, è un cavallo per davvero.

Poi c'era Oriana.

Di lei Ardito avrebbe saputo raccontare poco. Era al liceo, non parlava quasi mai, giocava ai giochi di ruolo dove era una specie di elfo strano e si vestiva quasi sempre di nero. Secondo Ardito era pure una tossica, visto che spesso puzzava di fumo. Una volta le aveva pure beccato le sigarette nello zaino.

Avevano poco più di un anno di distanza, e non andavano d'accordo, lui e Oriana. Sembrava impossibile che fossero gli stessi della foto nella vetrina del tinello, dove erano seduti sulla stessa sdraio, al mare. Lui aveva un enorme cappello di paglia che gli cascava sugli occhi, un secchiello incastrato in un piede, e Oriana lo abbracciava sorridendo. Ardito non credeva che ci fosse stato un tempo in cui si era divertito insieme a lei.

5 DICEMBRE

I LIBRI

Conveniva che partisse da quello che si ricordava lui. Aveva tredici anni e con la nonna aveva passato ogni estate della sua vita, e pure parecchi pomeriggi.

Eppure, di tutte le estati e di tutti i pomeriggi, lui, da solo, si ricordava solo due cose: le lasagne e i libri.

Le lasagne della nonna erano una cosa regale. Le faceva alte come minimo sette centimetri. Sette centimetri, sicuro, perché una volta Ardito, visto che Oriana non ci voleva credere, aveva preso il righello per misurarle. Poi la cugina si era anche arrabbiata perché aveva preso il suo, di righello. «Ben le sta» aveva pensato Ardito: la prossima volta gli avrebbe creduto subito.

I libri, invece, se li ricordava perché la nonna li leggeva sempre a lui e a Oriana, quando erano piccoli. Praticamente era l'unico modo di farla stare seduta. Anzi, si ricordava che quando chiedevano al nonno di leggere, lui li rimandava sempre da lei. Magari il nonno era uno di quei bambini che non erano andati a scuola e non sapeva leggere.

Questa poteva essere una cosa che avrebbe stupito il prof, ma come faceva a esserne sicuro? Non sarebbe stato proprio bello andare lì, dal nulla, e uscirsene con un: "Scusa nonno, ma tu sai leggere?".

No, e poi dai, di fare il tema su di lui non c'era verso.

Possibile che non gli venisse in mente proprio nulla da scrivere sulla nonna? Alla fine da quanto tempo la conosceva? Non sapeva quale fosse il suo piatto preferito, non sapeva che cosa le piacesse fare, non sapeva che cosa avesse studiato, come si chiamassero i suoi genitori...

I suoi genitori, giusto! Poteva chiedere qualcosa a loro!

Aveva provato a chiamarli da WhatsApp ma niente, il telefono non prendeva. Allora aveva cercato di formulare un messaggio:

Chiamami.

Mi chiami?

Mi serve una mano per capire cosa dire sulla nonna mi chiami?

Mi serve una mano per cosa dire sulla nonna. Lei mi racconta solo roba del nonno.

Mi serve aiuto per cosa dire sulla nonna. Lei mi racconta solo roba del nonno. Grazie.

La mamma si arrabbiava sempre quando scriveva

senza salutare o ringraziare. Vaglielo a spiegare che su WhatsApp lo potevi anche fare, non c'era bisogno ogni volta di salutare tutti, e che nessuno dei suoi amici se la sarebbe mai presa, anzi non ci avrebbe proprio fatto caso! Niente, la mamma diventava una bestia. Prima che gli togliesse anche il telefono, era meglio formularlo bene.

Alla fine lo aveva spedito così:

Ciao! Mi serve aiuto per cosa dire sulla nonna. Lei mi racconta solo roba del nonno. Mi chiamate, grazie?

6 DICEMBRE

LA BICICLETTA

Ardito era accoccolato sulla sua poltrona preferita, quella beige a righe nere sottili, una specie di pianta carnivora di stoffa, e stava scrivendo a Tommaso tutte le cose che gli venivano in mente per la prossima partita con l'All Star Arcetri.

Squillo del telefono. Era sicuramente una delle amiche della nonna. Voglia di rispondere zero. Rispondere voleva dire essere bloccato per almeno quattro minuti in una conversazione del tipo: "Ardito, mi ha detto la nonna che sei diventato proprio un bel ragazzo. Ma raccontami un po', ce l'hai la fidanzata?".

Sì. Ci mancava la fidanzata.

Eppure quello squillo sembrava chiamare proprio lui.

Squillo. Silenzio. Squillo. Silenzio.

«Ardito? Perché non ti alzi e vieni a rispondere?»

Al quinto squillo non aveva più retto.

– Pronto?

Una voce che conosceva bene, la prima voce che aveva sentito arrivato nel mondo, stava attraversando la Bolivia, il Brasile, l'oceano Atlantico, aveva sbattuto contro le coste dell'Africa, poi aveva superato il Mediterraneo, Piombino e tutta la Toscana fino al suo orecchio! Eccola!

– Mamma!

– *Amore!*

C'era molto ritardo nella comunicazione, e per forza: chissà quante conversazioni occupavano le altre linee, quanta vita stava passando da quei fili, quante parole, lacrime, magari quante dichiarazioni d'amore erano lì ad aspettare che fosse il loro turno. Forse una ragazza in Norvegia stava dicendo ai suoi genitori che aspettava un bambino, o qualcuno a San Pietroburgo stava lasciando la fidanzata venezuelana attraverso la segreteria telefonica. Non si poteva nemmeno immaginare il casino che sarebbe venuto fuori se, da un momento all'altro, le conversazioni si fossero mescolate e Ardito avesse iniziato a sentir parlare norvegese. Era naturale che la voce della sua mamma ci mettesse un po' ad arrivare.

– *Come stai? Resisti senza calcio?*

– Mamma, senti, hai letto il messaggio, ho bisogno di chiederti una cosa…

– *Stai aiutando la nonna?*

– No, senza calcio è orribile… Mi racconti qualcosa sulla nonna?

– *Come?*

– Va bene una cosa qualsiasi, anche la prima che ti viene in mente.

– *Come, non aiuti la nonna?!*

– Dicevo del calcio! La nonna sì che la aiuto!

– *Un tema sul nonno?!*

«Macché nonno!» Il ritardo stava aumentando, non si sentiva quasi niente.

Forse la (ex) fidanzata venezuelana aveva iniziato a urlare di tutto alla segreteria. La voce della mamma si era trasformata in un gracchiare di parole sconnesse e metalliche, come uno stormo di corvi elettrici, e di queste Ardito ne aveva afferrata solo una: bicicletta.

Tutte le volte che la mamma lo stressava per mettere in ordine qualcosa, e soprattutto tutte le volte che lui sbuffava quando doveva mettere in ordine qualcosa, lei gli diceva: – Occhio, o finisce come la storia della bicicletta –. E il protagonista della storia della bicicletta era il nonno.

Quando la sua mamma e la zia Malvina avevano undici e tredici anni, il nonno aveva regalato loro due biciclette. Erano due biciclette blu e grigie, bellissime. Erano l'invidia di tutta la spiaggia. Avevano anche due super campanelli, uno a forma di coccodrillo e l'altro di riccio. Insieme alle bici, il nonno Marzio aveva regalato anche due lucchetti: avrebbero dovuto legarle sempre, perché nella vita non si può mai sapere chi si incontra dietro l'angolo. Per assicurarle bene, però, le bici andavano fermate a qualcosa direttamente dalla canna, in modo che i ladri non potessero portarle via con troppa facilità.

Quell'estate la mamma e la zia frequentavano un corso di tennis e, visto che era vicino a casa, i nonni avevano permesso loro di andarci in bicicletta. Un giorno, però, era successo che avevano fatto tardi a lezione e, per evitare che il maestro le mettesse tutta l'ora a raccattare palline, avevano legato le bici tra di loro dalle ruote posteriori. Cosa mai sarebbe potuto succedere dentro al circolo?

Quando erano tornate a riprenderle, però, le bici non c'erano più. Scomparse, sparite, finite chissà dove. Le avevano cercate, avevano chiesto alle persone al circolo, al responsabile del bar. Nulla.

Mentre tornavano a casa a piedi, la mamma di Ardito piangeva come una fontana, la zia invece era più preoccupata dei loro sederi: quanti sculaccioni avrebbe tirato loro il nonno? Quanti sculaccioni valeva una bicicletta? Non si poteva dirlo con precisione, ma di sicuro non pochi.

Arrivate a casa, tenendosi per mano, erano andate dal nonno a dire che qualcuno aveva rubato loro le bici.

Il nonno, senza scomporsi, aveva chiesto se le avevano legate per bene.

La zia Malvina: certo che le avevano legate bene! Avevano persino scelto l'albero migliore.

Il nonno si era alzato, aveva fatto loro cenno di seguirle e le aveva portate in garage. Dove c'erano le due biciclette.

Era andata così: il nonno le aveva seguite, si era accorto che non le avevano allucchettate bene e, per insegnare loro la lezione, le aveva portate via.

Alle cose bisogna tenerci e non trattarle con leggerezza. Risultato? Per tutta l'estate erano dovute andare a piedi.

Interno, tinello, giorno.

Personaggi coinvolti: Ardito e la nonna.

– Nonna, sai che flash mi è venuto?

La nonna appariva e scompariva dietro la nuvola di vapore del ferro da stiro.

– Flash in che senso?

Ma perché doveva spiegarle sempre tutto?

– Dico, sai cosa mi è venuto in mente? Che il nonno non mi leggeva mai nessun libro: mi mandava sempre da te, quando glielo chiedevo. Te lo ricordi?

Alla nonna era scappato da ridere. – Non è mai stato un gran lettore, effettivamente… Avrà letto due libri in vita sua.

– Però mi è venuta in mente anche un'altra cosa.

– Cosa?

– Che il nonno al mare mi portava sempre in bicicletta.

– È vero. Gli piaceva tanto.

– E dove mi portava?

– Di solito in pineta, a fare su e giù sulle radici dei pini. Sai che i pini hanno le radici in superficie e quindi sembra di andare sulle montagne russe?

– Sì... E poi?

– Poi al pontile, a vedere i pescatori.

– E poi?

– Una volta ti portò anche sulle Apuane, fino a Colonnata. Ci aveva detto che andava a fare solo un giretto e tornaste dopo quattr'ore!

– E io?

– E te eri contento come una Pasqua! Ti aveva fatto mangiare anche i panini con il lardo. E al ritorno avevi dormito tutto il tempo sul seggiolino.

– Il lardo? Che schifo!

– Macché schifo, ti piaceva eccome!

Ancora vapore. Sembrava che nel vapore fosse apparso il nonno in bicicletta e che la nonna lo stesse guardando pedalare.

– La bicicletta era una delle sue grandi passioni...

– E quali altre passioni aveva?

– Tante, ma ora non ci sono più.

– Tipo?

– Tipo che è l'ora di apparecchiare, bellino!

Ecco, quello equivaleva a dire: "Basta, non ne parliamo più".

7 DICEMBRE

LA SIGARETTA

Alle 15 sarebbe iniziata la partita: Rapid Ripoli-All Star Arcetri, e Ardito aveva un unico pensiero fisso in testa. Tra soffrire vedendo con i propri occhi la partita e soffrire sentendo i racconti di Tommaso, Ardito avrebbe senza dubbio preferito la prima soluzione. Peccato che non potesse.

Quasi invidiava il nonno che se ne stava lì, sulla sua poltrona, a guardare per terra e poi nel vuoto, a dormicchiare e poi svegliarsi, nella sua terra di mezzo. In quei momenti sembrava una nuvola. Anche se occupava spazio, sembrava galleggiasse nell'aria, come se potesse passare attraverso le cose e sparire al primo colpo di vento.

Una mano era appoggiata alla poltrona, l'altra ferma a mezz'aria come un direttore d'orchestra che sta per far partire tutti gli strumenti contemporaneamente. Pronti? Al mio tre: uno, due, e...

– Oh, pronto?! Ce l'hai una sigaretta?

Bum! Ardito era piombato sul pianeta Terra.

Una sigaretta!? Il nonno gli stava veramente chiedendo una sigaretta?!

– Io non fumo, nonno.

Il nonno gli aveva risposto, quasi scocciato: – Chiama Oriana.

Ecco. L'aveva detto lui che era una tossica...

– Oriana?!

– Che vuoi?

– Vieni in sala!

– No.

– È per il nonno.

Oriana si era materializzata all'istante. Il nonno l'aveva guardata quasi con complicità, come se condividessero un segreto.

– Sigaretta.

Oriana aveva annuito ed era uscita dalla stanza.

Ardito l'aveva seguita in corridoio, verso le camere, ma non aveva capito se fosse seria oppure no.

– Ma che fai?

– Gli prendo una sigaretta.

– Ma sei matta? Gli fanno male!

– Messo com'è, una ogni tanto cosa vuoi che gli faccia?

Oriana aveva preso le sigarette dal suo zaino. Erano nascoste in una bustina.

– Non sono mica mie, sono del nonno, solo che gliele tengo io.

Ah. – E se ti becca la zia?

– Be', posso sempre risponderle che fuma anche lei, alla fine non mi può nemmeno cazziare troppo. Se beccano il nonno è molto peggio. Dai, la nonna è in giardino, sbrighiamoci.

La zia aveva raccontato a Oriana che il nonno era un gran fumatore: era arrivato anche a due pacchetti al giorno. Praticamente una ciminiera. Poi, iniziati i problemi di salute, aveva smesso. Ma di nascosto dalla nonna si concedeva ancora qualche tiro.

Erano usciti in terrazza.

Si sentiva la scopa spazzare e, considerato da dove proveniva il rumore, Oriana, Ardito e il nonno avevano valutato di avere circa venti minuti di tempo.

Il nonno aveva fatto cenno a Oriana di accendere il fiammifero, perché le mani gli tremavano e non sarebbe riuscito a sfregare la capocchia sulla striscia nera. Aveva avvicinato il viso alla fiamma e alla fine se l'era accesa lui la sigaretta, come fosse la cosa più naturale del mondo. Con due pacchetti al giorno sicuramente di pratica ne aveva fatta.

Per i primi tiri Ardito lo aveva osservato trattenendo il fiato. Aveva un po' di paura che soffocasse. Invece il nonno aveva aspirato sereno, guardando il fumo che usciva a spirale e la brace che diventava rossa a ogni tiro, con la faccia distesa, soddisfatta. Il diavolo-posacenere, da terra, lo guardava con i suoi occhi cavi. Ecco perché la nonna non lo trovava!

Per metà sigaretta erano rimasti in silenzio assoluto, togliendola ogni tanto dalla bocca del nonno, per evitare che andasse a fuoco. Non era stato uno di quei silenzi imbarazzanti, dove pur di riempirlo uno parlerebbe di qualsiasi cosa. Stavano zitti perché non c'era niente da aggiungere, perché ogni parola sarebbe stata superflua.

Arrivato a metà, il nonno si era messo a fare i cerchi di fumo con la bocca. Sembrava un indiano con il calumet della pace. Ne riusciva a formare anche uno dentro l'altro. Il fumo saliva, i cerchi diventavano forme, e le forme diventavano fantasia.

– Quello è un tasso! Quello lì un acrobata!

Oriana annunciava tutto ciò che le facevano venire in mente quelle nuvole di fumo. A un certo punto, aveva giurato di aver visto chiaramente un geco che mangiava una zanzara. Ardito ci vedeva solo palloni da calcio.

Mentre il nonno faceva una pausa tra un anello e l'altro, Oriana aveva preso la sigaretta e fatto un tiro. Gli occhi le erano diventati tutti rossi e aveva iniziato a lacrimare, rimanendo in apnea. Ardito, che si era cimentato nella stessa impresa, aveva subito la stessa sorte. Avevano iniziato a tossire entrambi, con gli occhi che lacrimavano così tanto che sembrava avessero inghiottito un peperoncino intero. Il nonno aveva iniziato a ridere, una risata di gusto, di quelle vere.

Era la prima sigaretta della sua vita. E la sua prima sigaretta non era stata squallida, uguale alle prime sigarette di tutti, un pacchetto da dieci comprato di nascosto la sera con il codice fiscale di un amico più grande, o peggio ancora scroccata, su una panchina, un accendino uguale a mille altri accendini, insieme a un amico, magari uno di cui dopo un po' non ti ricordi nemmeno il nome. Capirai che fantasia. Lui no. Lui se l'era fumata nella terrazza di casa sua, davanti a un tramonto che dava quasi l'idea di essere al cinema a vedere *Il re leone*, con una scatola di fiammiferi dell'Hotel Oriental di Bangkok che Ardito non sapeva nemmeno dove fosse, ma che suonava benissimo, insieme al nonno. Tutto questo non valeva forse una partita con gli All Star?

Dalla punta delle dita, un solletico si era diffuso in tutto il corpo, anche sotto le unghie delle mani, come se Ardito fosse stato sparato sulla Luna, come se avesse guardato negli occhi un elefante, pedalato lungo la muraglia cinese, suonato tutti i tamburi della Terra contemporaneamente, guardato il mondo sotto di lui dalla cima dell'Everest. Come quando aveva segnato il gol che avrebbe deciso il campionato. Chissà se il babbo e la mamma si sentivano così in cima a una delle loro montagne, a guardare le loro pietre strane. Avrebbe avuto voglia di scrivergli, ma alla fine forse non sarebbe suonato proprio bene: “Ehi, ciao! Oggi ho fumato una sigaretta con il nonno”. Non bisogna dire sempre tutto.

La vita la sentiva pulsare nella gola. O magari era solo la sigaretta che raschiava. Non aveva pensato, nemmeno per un momento, al Dadieci. Anche della partita si era quasi dimenticato.

A essere sinceri, la sigaretta gli aveva fatto schifo, ma il resto… il resto era stato vita.

8 DICEMBRE

IL BRILLANTE

– È per te.

Emma aveva svegliato Ardito, porgendogli il telefono. Non era possibile che fossero la mamma e il babbo, li aveva sentiti il giorno prima e gli avevano raccontato tutto su una pietra particolare che stavano studiando, di cui ovviamente non ricordava il nome; raccontato che avevano fatto la grigliata (che lì si chiamava *asado*) con tutti i ricercatori dell'università, e c'erano pure le *bolas de toro* da mangiare. *Bolas*, cioè le palle. Che schifo. Comunque.

Al telefono invece c'era Tommaso, diceva che era una cosa urgente. Sbadigliando, Ardito aveva risposto dalla sala. Non aveva avuto nemmeno il tempo di pronunciare la "P" di Pronto che Tommaso era partito in quarta.

Il giorno prima gli aveva scritto un sacco di WhatsApp, ma Ardito non gli aveva risposto. Un vero miracolo! Il successo planetario della stagione: avevano pareggiato con l'All Star Arcetri! La squadra non aveva mai giocato così bene, tutti uniti, tutti compatti. Avrebbe dovuto vedere com'era contento il Mister, era anche andato a farsi la doccia insieme a loro! Doveva raccontargli ogni dettaglio, radiocronaca minuto per minuto, prima di dimenticarsi qualcosa.

L'All Star Arcetri era una delle squadre più forti del campionato, e quando non lo era, recuperava i mezzi per diventarlo. Tutto per loro era lecito. I genitori dei ragazzi compravano arbitri, cartellini rossi e rigori come acquistavano le maglie nuove ogni mese. Era gente che girava con il SUV pur abitando in centro in piena zona pedonale.

L'arbitraggio era stato scandaloso, ma il Rapid Ripoli non si era dato per vinto. Volevano vincere con ogni cellula del loro corpo e avevano giocato con la bava alla bocca; aveva presente che cosa intendeva Tommaso, no?

Come no? La bava alla bocca ce l'aveva Ardito. Se fosse stato un cane e lo avesse avuto davanti, lo avrebbe sicuramente sbranato. Tommaso era il solito esagerato. Nella prima versione del racconto era stato espulso un solo giocatore; dopo dieci minuti, erano diventati tre e i cartellini gialli cinque. Tommaso aveva fatto due gol e poi a un certo punto era diventato uno degli espulsi.

Ardito non riusciva a essere contento. Si era perso il primo pareggio della storia con l'All Star. Avrebbero parlato di quella partita all'infinito, e ogni volta lui non ci sarebbe stato, nemmeno in un aneddoto insignificante. Lui sarebbe stato quello-che-se-l'era-persa-perché-era-in-punizione.

Fosse almeno andato a vederla, gliele avrebbe potute ricacciare tutte in gola, quelle balle.

La soddisfazione della sigaretta con il nonno era già dimenticata. Forse è per questo che la gente arriva a fumarsene due pacchetti.

– Ti ho già raccontato quando sono entrato nell'area di rigore e Filippo Contini ha provato a falciarmi con un'entrata da macellaio?

Sì, glielo aveva raccontato.

Ma lui, quando l'arbitro era girato, gli aveva tirato una pedata nello stinco così forte da mandarlo tutta la vita a giocare a golf, altro che calcio. E quando il portiere non era riuscito ad arrivare sulla palla angolata, e...

Sì, gli aveva raccontato anche quello.

La telefonata andava conclusa.

– Scusa, mi chiamano, devo andare.

– Chi ti chiama?

– Mi chiamano.

– Va bene, dai, ti finisco di raccontare dopo.

– Dopo quando? Oggi non c'è scuola...

– Stordito, c'è la festa di Matteo.

Ecco, ti pareva. Non aveva scampo.

Pessimo modo di iniziare una giornata, PESSIMO.

Ardito voleva solo tornare a letto e sperare di riprendere

sonno, o inventare uno strumento che gli cancellasse dal cervello tutto quello che aveva a che fare con una palla bianca con pentagoni neri. Passando in sala non aveva nemmeno notato che il nonno non era sulla poltrona. Aveva sbattuto la porta di camera sua, perché tutti capissero quanto era arrabbiato. Anche il muro, anche gli stipiti delle porte. Ma nemmeno in camera c'era pace. Dalla parete infatti sentiva tutto quello che succedeva in sala.

– Dov'è? Dov'è?

Evidentemente il nonno pensava di nuovo di aver perso qualcosa. Che palle, anche il nonno. Avrebbe fatto finta di niente. Lui aveva i suoi problemi reali, ci mancava di dover risolvere quelli immaginari degli altri. Tommaso gli stava fregando il posto in squadra e avevano pareggiato con l'All Star Arcetri quando il risultato migliore che avevano raggiunto con lui in campo era stato uno 0-4...

– Si arrampicano, si arrampicano!

Sembrava che il nonno si stesse agitando. Probabilmente pensava che ci fosse qualcuno sul terrazzo. Ardito era andato alla finestra che dava sullo stesso balcone della sala. Ci aveva buttato un occhio; non che credesse che qualcuno si potesse davvero arrampicare, ma una controllatina non avrebbe fatto male a nessuno.

– L'hanno preso. Arrivano! Presto!

Il sonno era andato. Ardito stava ispezionando il terrazzo. Il nonno stava alzando la voce.

– Fermali, non farli entrare, per favore.

Non c'era assolutamente nessuno. Solo il vento. Il vento che muoveva gli alberi; forse il nonno confondeva le ombre con le persone. E dire che pensava che da grandi questi errori non si commettessero più. Quando era piccolo, tante volte le ombre degli alberi sulle pareti gli erano sembrate dei mostri. La mamma rideva e gli diceva che non doveva aver paura del buio, che non ce n'era proprio ragione. Ardito si vergognava che la mamma ridesse di lui. Pensava sempre che quando sarebbe stato grande la paura sarebbe scomparsa, svanita; allora nessuno avrebbe più riso di lui.

«Dai, nonno, non ti ci mettere anche te a rompere e lasciami qui...»

Per una strana legge della natura, il senso di colpa si fiuta subito. Emana un odore particolare, di borotalco e benzina, un odore dolce che all'inizio ti cattura. Ci metti il naso, ti avvicini, sei tentato di annusarlo sempre di più, fino a che, *tac*, ti ha già fregato, ti brucia le mucose e ti intontisce, e non senti più niente.

Ardito non si era accorto di aver aperto la porta di camera sua, non si era accorto che aveva camminato sul tappeto del corridoio, non si era accorto di essere arrivato dal nonno in sala. Ce lo avevano portato le sue gambe, ma era come se lo avesse trasportato un nastro.

– Sono qui, entrano in casa!

Il nonno sgranava gli occhi verso la finestra dove non c'era niente e soffiava, soffiava soffiava, come per mandare via qualcosa, qualcuno. Ad Ardito era venuto da ridere, ma si era trattenuto perché si ricordava la sua vergogna quando la mamma rideva delle sue paure. Le paure sono una cosa seria, non ci si può scherzare sopra.

– Non c'è nessuno, nonno.

Il nonno gli aveva stretto la spalla in una morsa, con gli occhi così spalancati che sembrava gli potessero cadere in terra da un momento all'altro. Ma dove la prendeva tutta quella forza? Parlava con voce sempre più forte.

– Via, via, scappate, vogliono farvi del male.

Ma figuriamoci.

– Sono qui, entrano, chiama la polizia, chiama la polizia!

Ardito aveva provato a chiamare la nonna, ma dalla cucina aveva risposto un frullatore assordante.

– Prendi la pistola!

Pistola? C'era una pistola in casa? Una pistola *vera*?

Ardito gli si era parato davanti come uno scudo, dicendogli la prima cosa rassicurante che gli era passata per la testa: – Nonno, tranquillo.

Ma la verità era che stava iniziando a preoccuparsi.

– Fermali, fermali! Hanno preso il brillante!

Rieccolo, il brillante. Ardito faceva finta di bloccare gli invasori con le mani, con le braccia che gli scivolavano nell'aria.

Il nonno piangeva. Non aveva paura: era terrorizzato.

– Nonno, non so cosa fare!

– Aiutami, aiutami!

– Cosa devo fare, cosa?

– Aiutami a ritrovare il brillante.

Ancora con questo brillante?

– Aiutami, aiutami...

– Va bene, ti aiuto, ti aiuto.

– Me lo prometti?

– Te lo prometto.

Le promesse sono questioni decisamente sottovalutate. Tutti sono d'accordo che non mantenere una promessa non sia bello, ma nessuno pensa che sia grave. Non si dovrebbe mai promettere niente alla leggera perché tutte le volte che si fa una promessa è come se un amo si attaccasse al cuore, pronto a tirare su, quando la promessa viene disattesa.

– Non mi avevi promesso che avremmo cenato insieme stasera?

– Non muore mica nessuno se la cena la facciamo domani, no?

Più le promesse sono piccole, più sono insidiose. Perché se uno non è allenato a mantenerne una piccola, come può rispettarne una grande? Come si può dire: "Sarò sempre al tuo fianco, qualunque cosa succeda", se non ci si è ricordati per l'ennesima volta che avevamo promesso di tornare per cena? Sarebbe da incoscienti, come voler scalare il K2 senza aver fatto nemmeno una camminata in collina.

Una, due, tre promesse non mantenute. Si continua a strattonare il cuore, povero cuore, una, due, tre volte, fino a perderne un piccolo pezzo, un pezzo così piccolo che è quasi impossibile accorgersene. Nessuno si preoccupa, ma un pezzo oggi, un pezzo domani, è un attimo rimanere senza.

Già gli avevano tolto l'appendice quando aveva sei anni, Ardito non voleva rimanere anche senza il cuore.

– Me lo prometti?

– Te lo prometto.

Continuava a pensare alla promessa che aveva fatto al nonno. Valeva lo stesso, anche se era stata fatta in un momento di confusione? Valeva lo stesso anche se il nonno non sapeva quello di cui stava parlando? Valeva lo stesso anche se erano tutte allucinazioni? Magari aveva ragione Tommaso: matto e vecchio erano più o meno la stessa cosa. E poi il nonno non si ricordava mai nulla, vuoi proprio che si ricordasse la sua promessa?

Alla festa l'argomento di conversazione era uno solo, il tema sui nonni.

Elide: – Una volta il mio nonno ha preso l'autobus con la mia nonna morta (cioè, quando hanno preso l'autobus era viva) per andare in centro. Erano in piazza Santa Croce a mangiare un gelato e una banda di cinesi si è messa a fotografare la nonna col cono.

Giovanni: – Che gusti aveva preso?

Tutti lo avevano fissato domandandosi se quella fosse una domanda estremamente intelligente o estremamente stupida. Elide non lo sapeva. Comunque: il suo nonno si era arrabbiato da morire e aveva detto ai cinesi che sua moglie non la doveva fotografare nessuno, mica era un animale dello zoo. Che fotografassero Dante, che stava lì apposta!

Aurora: – E i cinesi?

Elide: – Nulla, dice il nonno che avevano continuato a fare come gli pareva...

Matteo: – Per forza, non lo hanno capito. Loro non scrivono con l'alfabeto, ma con i disegnini.

Aurora: – Si chiamano origami, ignorante.

Matteo: – Il tuo nonno come sta, dopo che è morta la tua nonna?

Elide: – È sempre triste e non mangia più il gelato.

Aurora: – Anche io sono stata tanto male quando è morta Trilli.

Matteo: – La tua nonna si chiamava Trilli!?

Aurora: – No, il mio primo labrador.

Matteo: – Ma quello è un cane, che c'entra?

Aurora: – Guarda che un cane è come una persona.

Ardito era entrato a gamba tesa in mezzo alla conversazione.

Ardito: – Voi avete mai fatto una promessa?

Il bello dei ragazzini è che appena butti una nuova palla in campo tutti la seguono come uno sciame, nessuno si offende che si abbandoni quello di cui si stava parlando solo un attimo prima. Tutti avevano risposto di sì, di promesse se ne facevano tante, anche una a settimana.

E riuscivano a mantenerle tutte?

A volte sì, la maggior parte no, ma erano promesse piccole, di poco conto.

Anche loro stavano cadendo nel tranello.

– E dopo non vi siete sentiti come se aveste qualcosa in meno? – aveva domandato Ardito.

– Ma che film ti fai? – gli aveva chiesto Aurora e, pensando di aver esaurito l'argomento, tutti si erano alzati per andare a mangiare il dolce.

Matteo era rimasto indietro, insieme a lui.

– Io non ho mai fatto una promessa, perché ho paura di non mantenerla.

Poi lo avevano chiamato a spegnere le candeline: doveva correre, altrimenti la cera sarebbe finita sul tiramisù, il suo dolce preferito. Matteo era un tipo dolce.

In quel momento, mentre Matteo soffiava un po'

imbarazzato sulle candeline che finivano sul mascarpone, Ardito aveva capito quale fosse la differenza tra essere grande e essere un bambino. L'altezza, il peso, quanto si poteva rimanere fuori il pomeriggio, il numero di scarpe, i denti da latte non c'entravano nulla. La differenza stava nella capacità di mantenere le promesse: uno che non le manteneva, non poteva essere chiamato grande.

Ardito non era più un bambino. Aveva fatto una promessa e l'avrebbe mantenuta, a tutti i costi.

9 DICEMBRE

IL PANDORO

Per conoscere a fondo una persona, una delle prime domande da fare è quale sia il suo dolce preferito. Anzi, prima ancora, bisogna capire se si ha davanti un tipo salato o un tipo dolce.

I tipi salati sono quelli che, anche di fronte a un millefoglie artigianale, a un salame di cioccolata o a un tiramisù, continuano a preferire il panino con la salsiccia, un pecorino, un pezzo di parmigiano. I tipi salati generalmente sono pratici, concreti, non si perdono in smancerie, o sbaciucchiamenti. Sono diretti, tanto che a volte diventano pungenti. Nel dubbio, per loro, meglio mettere un pizzico di sale in più, e se per caso finisse su una ferita aperta e bruciasse un po', pazienza: si rimarginerà prima. Per evitare di essere troppo morbidi, possono finire per essere duri.

Poi ci sono i tipi dolci, quelli che davanti a un biscotto o a un pezzo di cioccolata perdono la testa, quelli che in mancanza d'altro si mangiano le bustine di zucchero, quelli che si finiscono i barattoli di nocciolata con il cucchiaino, come la zia Malvina. I tipi dolci hanno bisogno di attenzioni, di cura, di affetto: nel dubbio, sempre meglio un cucchiaio di zucchero in più. Sono attenti ai dettagli, e li valutano importantissimi. Soffrono delle piccole mancanze che fanno loro pensare di non essere abbastanza amati.

Matteo era un tipo dolce. Torta preferita: tiramisù. Poca propensione alla sperimentazione e al rischio; grande bisogno di rassicurazione.

– Nonna, ma il nonno è tipo dolce o salato?!

– Salato? Ma che dici, Ardito?

Lui gli aveva brevemente spiegato quella teoria: la nonna sembrava abbastanza interessata.

– Il nonno è un tipo dolce di sicuro.

– E qual è il suo preferito?

– Il castagnaccio. Con tanto zucchero però. Mi diceva sempre: «Bono l'è bono, ma manca un pochinino di zucchero». Sta' a vedere...

La nonna aveva preso un cucchiaino, ci aveva messo sopra qualcosa, l'aveva immerso in un barattolo (crema di marroni) ed era andata dal nonno.

– Marzio? Apri un po' la bocca...

Il nonno aveva obbedito, la nonna gli aveva dato il cucchiaino. Solo in quel momento Marzio aveva aperto anche gli occhi, come se la crema di marroni fosse arrivata al cervello e gli avesse spifferato che c'era qualcuno davanti a lui. Il tempo di aprirli, ma era troppo tardi. La nonna era già sparita.

Ardito era rimasto a guardare il nonno. C'era rimasto male che fosse andata via? Che non lo avesse nemmeno guardato?

Magari avrebbe voluto chiederle di fermarsi, sedersi, stargli vicino, anche senza fare niente, lì tranquilla, di guardarlo e magari di raccontargli qualcosa, qualsiasi cosa, anche una ricetta.

– Nonno, lo so, e chi la ferma lei?

– Io no! – gli aveva risposto il nonno.

Si erano sorrisi e Ardito era tornato in tinello a studiare.

Appena seduto al suo posto, Oriana gli aveva passato un foglietto.

– Vedi? C'è scritto: *Può causare allucinazioni e alterazioni della realtà percepita.*

Ardito ci aveva messo un attimo a connettersi sul canale giusto. Okay, stavano parlando del nonno, delle allucinazioni, della promessa.

Effettivamente, tra gli effetti collaterali di una delle medicine del nonno c'era proprio questo.

– E cioè gli curano una cosa e gliene fanno venire un'altra?

– Le allucinazioni sono collegate a qualcosa che uno

conosce: il tuo cervello prende le cose familiari e le rielabora in modo diverso –. A Oriana piaceva far vedere che lei ne sapeva, che quei due anni che aveva in più di Ardito pesavano. – Tipo, se tu avessi un'allucinazione, vedresti palloni da calcio da tutte le parti.

– E il brillante, che c'entra?

– Quello c'entra con il suo lavoro.

Ah.

– E che lavoro faceva?

– L'orafo.

– E che fa l'orafo?

– Fa i gioielli, genio.

Mmm, ottima pista.

Ardito, al volo, era passato in cucina, dove la zia e Angelica stavano preparando il pandoro per la merenda. Coltello, bustina di zucchero a velo, effetto shaker, tutto bello appiccicato.

– Zia?

– Ehi! Vuoi un po' di pandoro?

– Posso chiederti una cosa sul nonno?

– Vediamo se so risponderti...

– Una cosa sul lavoro.

– Dimmi.

– Il nonno era un orafo...?

– In realtà più che altro era un commerciante di pietre preziose.

– E che fa un commerciante di pietre?

– Commercia le pietre. Prima le cerca, poi le vende...

– Anche i brillanti? – aveva specificato Ardito.

– Sì, certo, anche i brillanti. Perché me lo chiedi?

– Perché il nonno è convinto di aver perso un brillante, è preoccupato, e allora...

– Figurati! Sai che novità!

Oriana li aveva raggiunti.

– Il nonno è sempre stato convinto di aver perso dei brillanti. Li infilava nei posti più incredibili per paura dei ladri, ma li nascondeva così bene che poi non si ricordava più dove li aveva messi. Mancava sempre qualche pietra all'appello e si doveva fare la caccia al tesoro per ritrovarle... Anche qui a casa!

Ardito e Oriana si erano messi a ridere: la caccia al tesoro, spettacolo!

– Eh, lì per lì c'era poco da ridere. Trovava dei nascondigli assurdi, dove non ti sarebbe mai venuta l'idea di guardare...

– Però era proprio preoccupato...

– Ardito, credimi, che il nonno pensi di aver perso qualcosa non è una novità. Figurati adesso, con le medicine e tutto. Pandoro?

Massì. Il pandoro poteva solo aiutare.

La zia aveva iniziato a tagliare. Fisicamente era lì, sì, ma era come se fosse altrove. Se qualcuno l'avesse chiamata, Ardito non era sicuro che avrebbe risposto. Aveva fissato per un po' la scatola di cartone del pandoro, poi l'aveva presa e ci aveva fatto tre buchi con un coltello, due per gli occhi e uno per la bocca.

– A volte, la domenica mattina, bastava una scatola di pandoro e il nonno si trasformava in un mostro.

Ardito non ce lo vedeva il nonno in versione mostro, e solo a pensarci gli veniva da ridere, ma era rimasto in silenzio. Aveva intuito che stava per succedere qualcosa. E quando qualcosa sta per succedere è meglio non interrompere, proprio come è meglio non svegliare un sonnambulo: potrebbe reagire in qualsiasi modo, compreso diventare pericolosissimo.

Come un lampo, la zia si era messa la scatola in testa e aveva cacciato un urlo mostruoso verso Oriana.

Sua cugina ci provava sempre a rimanere impassibile, come se niente potesse toccarla, ma stavolta la zia l'aveva colta di sorpresa e si era messa a ridere per lo spavento che le aveva fatto prendere.

Zia Malvina si era tolta il cartone dalla testa, aveva accarezzato Oriana sui capelli e distribuito il pandoro a tutti.

– Sai che penso, Oriana? – aveva buttato lì Ardito.

– Perché? Pensi?! Questa è già una novità –. Gliel'aveva detto ridendo però.

– Che secondo me non è un'allucinazione questa del brillante. Magari c'è un fondo di verità, tipo le leggende. Tipo Omero...

– Che c'entra Omero?

– Magari anche nell'allucinazione c'è qualcosina di vero. Non lo so, me lo sento...

– Ah, be', se te lo senti tu, siamo a posto...

Ardito sapeva che avrebbe avuto bisogno di lei, e che da solo non sarebbe andato molto lontano.

– Oriana, mi aiuti a capire cosa c'è sotto?

– E tu cosa mi dai in cambio?

– Mamma mia come sei venale! Sono tuo cugino!

– Tutto ha un prezzo, cugino!

10 DICEMBRE

LA BOA

Il prof Raimondo stava facendo una delle sue raccomandazioni sul lessico.

– Anche l'uso degli aggettivi sarà oggetto di valutazione. Avete l'età per iniziare a usarli a proposito. Non esiste solo bello, grande, piccolo, colorato, basso, brutto, ganzo. La nostra lingua ce ne ha regalati migliaia per descrivere al meglio le sfumature dei vostri pensieri. TUTTE, nessuna esclusa! Vorrei che nel tema vi allenaste anche su questo. Se un nonno si arrabbia facilmente non è cattivo. È iroso? Collerico? Furioso, infuriato, iracondo, irascibile, rabbioso, impaziente, impertinente, presuntuoso, fragile? Il mondo ha mille sfumature e gli aggettivi vi aiutano ad apprezzarle. Non rinunciateci.

Altro che aggettivi. Ad Ardito mancavano anche i verbi, i nomi. Mancava tutto.

– Allora, come va?

Il prof si era fermato proprio da lui. Che sfiga.

– Bene.

– Problemi di partenza?

Quali problemi di partenza? – No, nessuno.

– Ottimo. Su chi farai il tema?

Eccoci. Ardito aveva fatto l'errore fatale di rispondere "nonna Emma" in tempo zero, ma la verità era che qualcosa del nonno lo interessava. L'indecisione non è mai una buona alleata e il maestro l'aveva fiutata.

– Ardito, è il 10 dicembre: è il caso che tu ti decida. C'è qualcosa che vuoi chiedermi? Qualcosa su cui hai dei dubbi?

– No, no.

– Sicuro?

Una cosa in verità c'era.

– Come dev'essere il tema per prendere Dadieci?

– Direi che mi deve stupire.

– Mi fa un esempio di una cosa che l'ha stupita?

Quella sì che era una domanda. E il prof ci aveva messo un attimo a capire cosa rispondere. Più che altro cosa rispondere ad Ardito. Poi, all'improvviso, un'idea.

– Hai presente Fiorentina-Juventus del 1991?

Ardito si era illuminato. Per lui quella non era una partita, ma LA partita. Era tutto ciò che Ardito sperava gli capitasse da grande. Essere un giocatore come quelli, in un campo come quello.

Fiorentina in vantaggio. Rigore regalato alla Juve, Baggio si rifiuta di tirarlo. De Agostini batte. Mareggini para. Non era ancora nato ma aveva letto tutto quello che c'era da leggere, visto tutto quello che c'era da vedere, appeso in camera tutto quello che poteva appendere su quella partita.

– Hai presente la coreografia dell'inizio?

Voleva scherzare? Lo stadio che all'unisono disegnava Firenze in bianco e viola con tanto di cupola, campanile di Giotto e Ponte Vecchio? Quello era lo *screensaver* del suo cervello quando andava in stand by.

– C'ero anch'io in curva. In teoria era una cosa banale, si trattava solo di tirare su, tutti insieme, una bandierina, ma ero comunque preoccupato. Se fossimo stati scoordinati, il profilo di Firenze rischiava di apparire a singhiozzo. E invece, al terzo fischio, tutti avevamo tirato su la nostra bandierina precisi, impeccabili, perfetti come una macchina. E non volava nemmeno una mosca. È stato in quel momento che ho capito che, davanti a una cosa bella, tutti hanno la stessa identica reazione (tutti eh, educati e zotici, professori o avanzi di galera) ovvero rimanere in silenzio, contemplare lo spettacolo e sperare che duri quell'attimo in più, che il mondo non torni subito in bianco e nero, né a colori, ma che rimanga bianco e viola. Ecco. Un tema da Dadieci deve fare un po' questo: dopo che l'ho letto, dovrebbe provocarmi un elettrocardiogramma simile al profilo di Firenze allo stadio quel giorno.

Interno, classe III B, scuola, giorno.

Personaggi coinvolti: Tommaso, Aurora, Elide, Giovanni, Matteo, Ardito (e la campanella).

Tommaso: – Il mio nonno ha una Ferrari Enzo.

Aurora: – Il tuo nonno si chiama Ferrari Enzo?

Tommaso: – Si chiama Marchetti Livio. Enzo è una macchina, scema!

Aurora: – Scema a chi, deficiente?

Elide: – Il mio ha la Panda 4x4.

Giovanni: – Al mio la patente gliel'hanno ritirata. La mia mamma dice che è stata una fortuna, sennò avrebbe ammazzato di sicuro qualcuno...

Tommaso: – Lo sai che una volta, mentre eravamo in montagna, il nonno andava troppo forte e la macchina si è rigirata cinque volte sulla neve? E stavamo anche per cadere dal burrone, ma c'ero io e...

Elide: – Davvero?!

Aurora: – Ma se non sa andare nemmeno in bicicletta...

Matteo: – Non aveva le gomme da neve?

Tommaso: – Te stai zitto, ché porti male: i tuoi nonni sono morti tutti e due!

Matteo: – Ma non è mica colpa mia...

Elide: – Lo sapete che al mio nonno gli sono entrati in casa i ladri facendo finta di essere testimoni di Geova?

Tommaso: – Scusa, ma che c'entra con le macchine? Ardito?!

Aurora: – E tuo nonno gli ha aperto?

Elide: – Sì.

Aurora: – E perché? Ai testimoni di Geova non gli apre mai nessuno!

Elide: – Lui sempre. Dice che almeno con loro fa due parole, visto che è sempre solo.

Tommaso: – Oh, pianeta Terra chiama Ardito! E a te come va?

– Cosa?

– Il tema sulla nonna.

– Sul nonno –. Correggere Tommaso gli era venuto spontaneo.

– Fai il tema su tuo nonno?!

– Sì. Perché?

– Ma quello mezzo malato che sta sulla carrozzina?

– Problemi?

– E che c'hai da raccontare su uno in carrozzina?

Sapeva come rispondere. – Guarda che non c'è mica bisogno di muoversi per essere interessante. C'è un sacco da raccontare.

Ecco, quello era stato uno di quei momenti in cui Ardito si era sentito davanti a un bivio, come in un librogame, in cui devi scegliere se aprire la porta a destra o quella a sinistra. Avrebbe voluto che Tommaso gli chiedesse qualcosa di suo nonno. Che gli domandasse cosa gli stava succedendo, cosa aveva visto, come stava. Che non gli ricordasse che lui non giocava, che non era più il capitano, che aveva un nonno con le allucinazioni in carrozzina. E invece...

– Sì, come no. Dai, vieni che ti racconto bene della partita. Hai presente quella palla angolata che ti dicevo?

Dovevi vedere che razza di gol ho fatto, una roba totale. Il Mister era esaltato, ha detto che se continuiamo così possiamo giocarci il titolo di campioni d'inverno, ti rendi conto?

Ad Ardito non gli importava nulla del gol, di come il suo amico lo aveva fatto, dei campioni d'inverno. Non gliene fregava nulla della partita.

– Non me ne frega niente della partita.

Campanella. Intervallo finito. Tommaso era rimasto a bocca aperta, senza sapere cosa rispondere.

Ardito era tornato, nero, al suo posto, aspettando solo di essere fuori da quelle mura, a casa, per potersi sfogare.

– Non è giusto, non è giusto!

In salotto, Ardito continuava a camminare avanti e indietro. In casa c'era solo il nonno, sulla sua poltrona, che sembrava pisolasse con gli occhi mezzi chiusi e mezzi aperti.

– E poi arriva lì, come se al mondo ci fosse solo lui, prima dice che la macchina del suo nonno si è rigirata cinque volte sulla neve, poi fa il fenomeno con il gol angolato, i campioni d'inverno, il Mister esaltato... ma ti rendi conto?

Il nonno aveva aperto gli occhi e iniziato a seguirlo.

– Ci credo che era esaltato, il Mister: ha avuto la fortuna

esagerata di vincere due partite! E chi ha fatto tutto il lavoro finora? Chi si è fatto il mazzo con la squadra? Eh?

Ardito continuava ad andare su e giù sul tappeto. Se avesse continuato così avrebbe tracciato un solco. Il nonno aveva iniziato a spostare la testa a destra e a sinistra e a muoversi, come se si volesse alzare.

– Nonno, non ti ci mettere anche te. Ma pensa che c'è solo lui al mondo adesso?!

– Ardito...

– E mica si rende conto che a me potrebbe dare noia, che gliene frega? Certo, lui è troppo impegnato a fare il fenomeno...

– Ardito?

– Che c'è!?

Chi è che lo stava interrompendo?

– Devi stare... calmo –. Il nonno ci metteva un'eternità a pronunciare ogni singola sillaba, ma stava parlando. E stava parlando proprio con lui. – In che ruolo gioca?

– Tommaso?

Gli aveva fatto cenno di sì.

– Attaccante, come me.

– Veloce?

Ardito aveva annuito. Sì, Tommaso era veloce.

– Più veloce di te?

– Più veloce di me. Però è uno di quelli che vuol fare tutto lui, che non passa mai la palla...

– Non importa. Comunque ci vuole una boa.

– Un boa?!

Ardito faticava a capire bene le parole, anche perché arrivavano a tre secondi di distanza una dall'altra.

– Una boa. Un punto di riferimento.

– Come faccio a essere un punto di riferimento se non ci sono?

– Puoi aiutare la squadra anche se non ci sei.

– Come? Come si fa? Come si fa quando hai uno che si comporta come se esistesse solo lui?

– Nemmeno solo tu.

Silenzio. Ardito lo sapeva che era vero, ma ammetterlo sarebbe stato troppo.

– Oriana, ma il nonno parla!

– Certo che parla, non è mica un cane...

– No, intendo che ragiona!

– Anche meglio di te...

– Io non l'avevo mai sentito!

– Forse non l'avevi mai ascoltato.

11 DICEMBRE

LA PIZZA

La risposta comunque era sì: anche Oriana era con lui, decisa a capire di più su quella storia del brillante. E c'era solo un posto dove potevano cercare informazioni: la mansarda.

La mansarda era il terzo piano della casa, un bunker vetrato che era sempre stato il regno del nonno ma che purtroppo, da quando era in carrozzina, gli era precluso. Deve essere tremendo costruirsi un posto tutto per sé e poi non poterlo usare!

Quando era piccolo, Ardito della mansarda aveva un po' di paura, come spesso capita con i posti chiusi. Gli ricordava quei casottini arroccati in cima alle montagne che il suo babbo gli faceva vedere, quelli dove gli alpini della Prima guerra mondiale stavano fermi al gelo, per ore, ore, ore, controllando chi saliva dalla valle. Loro, dall'alto, dominavano tutto, mentre chi era in basso non vedeva assolutamente niente. Molto strategico.

Benché il nonno non ci mettesse più piede, la nonna non aveva mai pensato di insediarsi lei, nella mansarda, come se quel posto rimanesse, comunque, di proprietà del marito. Questione di rispetto. Anzi, la maggior parte del tempo la porta era pure chiusa a chiave. E Ardito, di dove potesse essere la chiave, non aveva la minima idea.

Lui no, ma Oriana sì.

Sgabuzzino, terzo scaffale, fila attaccata al muro, quinta scatola da scarpe partendo da destra, sotto i giornali.

Come diavolo le era venuto in mente che la nonna potesse averla nascosta lì dentro? Veramente lei cercava i suoi sandali estivi, ma nella loro scatola aveva trovato la chiave della mansarda.

Approfittando dell'assenza di nonna e Angelica, che erano andate al supermercato, Ardito e Oriana si erano arrampicati per le rampe di scale di legno e cemento. I gradini scricchiolavano, un coro di borbottii dove tutti avevano qualcosa di cui lamentarsi, come una fila di vecchietti alle poste.

Ardito era rimasto senza fiato. Un po' perché c'erano dieci gradi di differenza, visto che il riscaldamento era spento, un po' perché la mansarda era bellissima. Non che la vedesse per la prima volta, ma era tanto tempo che non saliva lassù. Non era propriamente un salotto, o uno studio, o una sala da pranzo oppure una camera da letto: era tutte queste cose insieme.

C'era un divano che avrebbe potuto ospitare tutta la

squadra di Ardito, compreso il Mister che da solo occupava tre posti, un televisore più grande di lui, uno stereo con quattro casse collegate con un vecchio giradischi, un sacco di 45 giri di cantanti sconosciuti e scaffali pieni di libri, anche se quelli gli interessavano meno.

Appoggiati a una parete c'erano un paio di vecchi sci, dritti e di legno, con la loro coppia di bastoncini. Attaccate al muro come se fossero quadri c'erano invece delle vecchie racchette da tennis. Sembrava una specie di museo degli "sport sorpassati". Tra il ciarpame, in un vecchio baule, qualcosa aveva subito catturato l'attenzione di Ardito: un vecchio pallone da calcio di cuoio.

Ardito avrebbe avuto voglia di mettere il naso e le mani dappertutto. Magari, dal fondo di quel baule sarebbe saltato fuori qualche altro indizio sul nonno.

– Guarda.

Oriana aveva trovato un bigliettino da visita.

MARZIO BIAGINI
CASA DELL'ORAFO
FIRENZE

Niente numero di telefono, niente indirizzo.

– E dove sarebbe questa casa?

– I posti che non hanno bisogno di specificare l'indirizzo sono posti famosi; vuol dire che tutti la conoscono.

– Tutti tranne noi.

– Che ci vuole? Guardiamo su internet –. Oriana aveva già iniziato a smanettare sul telefono.

Nel frattempo Ardito stava rovistando nel baule.

Ecografie, radiografie, ricette mediche, medicine con nomi impossibili da leggere, analisi del sangue, fatture di specialisti, ancora nomi, malattie mai sentite prima, enzimi, globuli bianchi, globuli rossi, piastrine. Nomi di dottori appuntati su fogli, parti del corpo scannerizzate in bianco e nero. Tracciati a computer dove linee sottili e nere andavano su e giù, su e giù, come terremoti. C'era anche la fotocopia di un teschio. Tutto parlava della malattia del nonno.

E pensare che al piano di sotto nessuno ne parlava volentieri, di quella malattia, e poi, cinque metri più su, difeso solo da una chiave, c'era tutto quanto poteva descriverla.

Oriana si era messa a sedere al suo fianco. In mano stringeva tre quadernini e alcuni foglietti tenuti insieme con delle graffette. Erano tutti scritti con la stessa grafia, quella del nonno, evidentemente. Tutto era preciso, piccolo e cifrato. Lettere e numeri, solo consonanti, mai una vocale. Non si riusciva a capire niente.

– Secondo te era una spia?

– Ardito, ma ti immagini?

– Non si capisce niente di quello che c'è scritto!

– Non capirai niente te!

– Sì, perché te invece, fenomeno?

Gli era venuto in mente Tommaso. Ma era stato solo un attimo.

– Sarà stato il suo modo di schedare le pietre...

– Come facciamo a capire quale ha perso? –. Ardito aveva ancora tra le mani il biglietto da visita. – Dobbiamo andare nel suo ufficio.

Oriana l'aveva guardato, come a dire: "Continua".

– Sicuro che lì troviamo qualcosa.

– Ehi, voi due, che state combinando lassù?!

Dal tono di voce della nonna non li aspettava niente di buono.

La nonna era in piedi davanti a loro. Avevano avuto appena il tempo di rimettere le cose alla rinfusa nel baule.

– Ardito, lo so che cosa hai in testa, che credi?

Beccati.

– Oriana, e tu che gli vai dietro! Mi stupisco di te!

La nonna li aveva superati e si era avvicinata alla Tv.

– Niente calcio vuol dire anche niente videogiochi, Ardito, lo sai!

Si era messa a circumnavigare il televisore, come alla ricerca di qualcosa.

– Avanti ragazzi, datemeli. Il babbo e la mamma sono stati chiari: niente videogiochi.

Bingo. La nonna non aveva capito niente. Pensava che fossero su per giocare di nascosto. Ardito e Oriana si erano scambiati uno sguardo complice: era il momento di andare in scena.

– Dai, nonna, solo un'oretta...

– No, no e no, non esiste: me l'aveva detto la mamma, che ci avresti provato...

– Nonna, credimi, Ardito ha finito tutti i compiti...

– Oriana, come tu gli dia anche corda, io non lo capisco; via, datemi quell'aggeggio.

– Quale aggeggio?

– Quello che state nascondendo.

Potevano ancora farcela: in fondo la nonna non ne aveva mai visto uno, di videogiochi.

Destra, sinistra, rapida ricognizione del territorio: l'aveva trovato Oriana.

– E va bene, nonna. Tieni.

Le aveva dato il web pocket che Ardito usava per connettersi a internet. Senza battere ciglio, la nonna l'aveva preso e le aveva sorriso. Non aveva idea di che cosa fosse.

– Venite giù che è ora di apparecchiare.

Poi si era avvicinata ad Ardito come chi si vuol far perdonare di essere appena stato troppo severo. – Dai, che stasera vi porto a mangiare la pizza!

Tra una fetta di pizza e un'altra parlavano della scuola, del Natale, dei regali. La nonna li aveva ascoltati in silenzio, fino a che Angelica non l'aveva tirata dentro la loro conversazione.

– Nonna, te che vorresti di regalo?

– Io? Io nulla, io di regali ne ho avuti anche troppi.

– Il nonno te ne faceva tanti?

Sembrava che li stesse guardando, la nonna, tutti i regali che le aveva fatto il nonno. – A volte anche troppi.

«Stiamo scherzando?» aveva pensato Ardito. «I regali non sono mai troppi.»

Angelica era curiosissima.

– Tipo?

– Gli piaceva tanto regalarmi i 45 giri.

– Cosa sono i 45 giri?

– Una specie di Cd, ma più grandi e con dentro solo due canzoni – aveva spiegato Oriana.

– E qual è il primo giro che ti ha regalato?

– Si dice giri, 45 giri.

– *Il cielo in una stanza*.

– Perché proprio quello?

– Forse voleva dirti che stava stretto!

Oriana e Angelica si erano voltate verso Ardito: ma gli capitava mai di accenderlo, il cervello, oppure funzionava sempre a "intermittenza", come le luci dell'albero di Natale? Ardito si era sentito in dovere di spiegarsi.

– Scherzavo! E comunque i regali non possono mai essere troppi!

– A volte sì, ma lo capirai con il tempo.

Lo avrebbe anche capito con il tempo, ma lì per lì gli era sembrato assurdo.

– Semmai sono le attenzioni, i piccoli pensieri verso qualcuno che non sono mai troppi. La sapete la differenza tra attenzioni e doveri?

Che c'entravano ora i doveri?

– Be', i doveri sono le cose che vanno fatte per forza, come gli esami, i compiti, le bollette da pagare. Le attenzioni invece non sono cose fondamentali, sono dettagli che nessuno si aspetta. Come quando la mamma vi compra i coccodrilli gommosi. Quella è un'attenzione, non è un dovere, ma lì dentro c'è tutto il suo amore per voi.

– In un coccodrillo gommoso?

– Sì, in un coccodrillo gommoso.

– Allora l'amore fa male ai denti.

Tutti avevano guardato Angelica.

– La mamma dice così.

La nonna, sorridendo, si era alzata. Stava arrivando un dovere, potevano scommetterci.

– E a proposito di doveri, forza, sbrighiamoci, ché dopo c'è da preparare anche la borsa per domani, per la gara di Angelica!

Interno, stanza di Ardito, notte.

Personaggi coinvolti: Ardito e Oriana.

– Ardito? Dormi?

– Sì.

– Hai presente che domani Angelica ha la gara di nuoto e la mamma non può portarla?

– E chissenefrega?

– Genio, questo vuol dire che l'ha chiesto alla nonna e quindi alla Casa dell'Orafo possiamo andarci domani.

– Domani? Ma non abbiamo organizzato nulla!

– Loro partono da qui alle 14.15, appena torniamo da scuola. Ora che arrivano, la nonna la cambia, le fa la roba anti verruche...

– Dai, che schifo...

– ...lei nuota, fanno le premiazioni dove premiano tutti, si asciuga i capelli, si riveste... Più o meno abbiamo tre ore e mezzo.

– Ci bastano?

– Ci devono bastare. Ho controllato gli orari del 23: prendiamo quello delle 14.29.

– E il nonno?

– La nonna ha chiamato Sergio per stare con lui.

Erano stretti con i tempi, ma quando i tempi sono stretti, non rimane altro che correre.

12 DICEMBRE

L'ORAFO

Appena la nonna e Angelica erano uscite di casa, Ardito e Oriana erano volati giù dalla collina verso la fermata dell'autobus. Per fare prima avevano deciso di passare dai campi, da una scorciatoia che aveva scoperto Oriana. L'aveva chiamata "la strada delle carote" perché c'erano tantissime lepri. E se c'erano così tante lepri, dovevano per forza esserci tante carote. Al tempo della scoperta Oriana aveva cinque anni ed era scomparsa dai radar per due ore. Zia Malvina aveva telefonato a tutti gli ospedali di Firenze e provincia, e quando alla fine Oriana era tornata da sola sulle sue gambe, si era infuriata come un uragano.

Per fare ancora prima, non avevano seguito il sentiero che andava a zig zag, ma avevano tagliato in linea retta. Non si erano fermati nemmeno una volta. Il traguardo di quella gara tutta loro era la fermata dell'autobus. Ardito pensava che avrebbe vinto facile, abituato com'era a correre dietro a Tommaso, ma riusciva appena a star dietro a sua cugina. Se qualcuno le avesse scattato delle foto, sarebbe stato difficile sorprenderla una volta con i piedi che toccavano terra: sembrava che volasse.

Il nonno non avrebbe mai potuto correre così per un campo. E quando realizzi che qualcuno che magari vorrebbe non può farlo, come si fa a correre svogliati? Quella sì che era una responsabilità: Ardito doveva correre anche per il nonno. Anche per lui doveva saltare i cespugli, schivare i tronchi, dribblare le radici per evitare le storte che avrebbero compromesso tutto.

Alle 14.24, si erano presentati alla fermata dell'autobus del centro di Bagno a Ripoli, con cinque minuti di anticipo. Insieme a loro tantissimi messaggi scritti sulla panchina con i pennarelli indelebili. A Bagno a Ripoli non c'era affidabilità sugli orari: in teoria esistevano, c'era anche una tabella, ma poi gli autobus arrivavano quando volevano loro.

E invece, in lontananza, un rumore. E dopo il rumore, il 23. Due minuti di anticipo rispetto all'orario. Miracolo. La fortuna era dalla loro.

Fermata Lungarno Torrigiani.

Camminando, Ardito guardava l'Arno sonnacchioso e il Ponte Vecchio che ci si specchiava sopra, e pensava: E se tutto quello che c'era lì sopra a un certo punto fosse sprofondato? Un po' come Atlantide. Diademi, casseforti, brillanti, smeraldi, rubini, zaffiri. Braccialetti e collane, anelli di fidanzamento e anelli per anniversari di matrimonio. Ciondolini per prime comunioni, cornici d'argento, insalatiere medicee e anche le patacche. Se tutto questo fosse caduto nell'Arno e scomparso in acqua? Esistevano i ladri-sub? Subladri?

Il babbo gli aveva raccontato che durante la Seconda guerra mondiale quello era stato l'unico ponte a non essere bombardato, anche se le casseforti di qualche gioielliere erano finite in Arno. Quindi, in teoria, sul fondo dovevano esserci ancora delle cose preziosissime. E quindi, sempre in teoria, la storia dei ladri sub poteva essere vera. Chissà se sotto l'acqua le combinazioni scattavano comunque oppure, tutte arrugginite, non si aprivano più.

Era un posto strano il Ponte Vecchio e, per la verità, ad Ardito non sembrava nemmeno tanto intelligente che i gioiellieri fossero tutti ammassati nello stesso posto, nella stessa strada, sullo stesso ponte, ma un tempo usava così.

Firenze era piene di vie specializzate. Via de' Calzaiuoli. Via della Lana. Via degli Speziali. Il babbo gli aveva raccontato anche che al posto dei gioiellieri una volta c'erano le botteghe dei macellai, e gli faceva un certo effetto pensare che dove ora vedeva pietre preziose, un tempo c'erano salsicce, bistecche e hamburger.

– Gli hamburger non esistevano al tempo dei Medici, genio.

Oriana lo stava chiamando dal pianeta Terra, Firenze, passato il Ponte Vecchio a destra, ecco la Casa dell'Orafo.

– Parlavo a voce alta?

– Dai, siamo arrivati!

Il portone era socchiuso. Fuori, quasi buio. Dentro, odore di *bruciate*, che nel resto d'Italia si chiamano caldarroste. Avevano l'impressione di trovarsi in un puzzle, tipo quelli in bianco e nero con le scale geometriche che si arrampicano dovunque, i coccodrilli che spuntano dai pavimenti e dalle pareti, i vasi che diventano finestre e uccelli che diventano pesci. Un alveare di laboratori, cunicoli, stanze e scale che salivano e scendevano, di corridoi che si dividevano in piccole porte vicinissime una all'altra.

Come avrebbero fatto a trovare la stanza giusta in quel labirinto? L'attimo prima regnava il silenzio e quello dopo alcune persone discutevano animatamente tra loro, dietro qualche muro. L'illuminazione era scarsa. La casa sembrava infinita.

Forse l'avevano costruita così per i ladri, dopotutto la Casa dell'Orafo doveva essere un posto ambito per gli scassinatori. Da lì dentro non sarebbe stato possibile scappare, a meno di conoscere i cunicoli come le proprie tasche o di avere con sé una mappa.

Ardito aveva avvertito un rumore che conosceva meglio di qualunque altro, un rumore che lo aveva distratto da tutto il resto: una palla che rimbalzava. Qualcuno stava giocando!

Patio principale, primo corridoio, scendere, no, salire, girare a destra, passare sotto un arco, secondo, terzo, no sinistra, corridoio.

– Qui, passa, passa!

Oriana, che fino a quel momento lo aveva seguito senza battere ciglio, aveva capito dove la stava portando. – Ardito, non adesso! Dobbiamo cercare il laboratorio del nonno!

Troppo tardi. Davanti a loro, due ragazzi un po' cresciuti si stavano passando una palla. Uno contro uno. Il più piccolo si era smarcato. Era più veloce dell'altro, anche se un po' più grassottello. Tiro. La palla era finita dritta dritta tra le gambe di Ardito, che l'aveva bloccata. Non giocava da troppo tempo... Due contro uno. Aveva superato il primo, il grassottello, con facilità, e poi anche il secondo, quello più rapido. Nessuno poteva più togliergli la palla dai piedi. Il posto da capitano era ancora suo.

I due avevano provato a rincorrerlo, rubargli la palla, ma non c'era verso. Ardito era più veloce; loro non avevano fiato e dopo uno scatto erano già stanchi. La palla sembrava incollata ai suoi piedi, come una gomma sotto il banco. Dopo cinque minuti, i due ragazzi, con il fiatone, si erano fermati e gli erano andati incontro.

– Maledette sigarette... quando ci s'aveva la tua età... –. Quello veloce gli aveva stretto la mano. – Io sono Giovanni, lui Lorenzo. E tu, sei...?

– Ardito.

– Ardito, senti che nome. E che ci fai qui?

– Cerco il laboratorio del mio nonno.

– E come si chiama il tuo nonno?

– Marzio Biagini.

– Marzio Biagini? Ma che, scherzi? Vieni dal babbo, chissà che piacere gli fai!

– Ehm, ehm…

Tre paia di occhi si erano voltati verso Oriana, che fino a quel momento era stata completamente ignorata. Non era colpa loro: davanti a una palla un uomo non vede nient'altro, per il più perfetto e candido principio di azione e reazione. Una palla risponde sempre. Una ragazza no.

Ardito l'aveva presentata: quella era sua cugina e, come forse avevano intuito, non le piaceva molto il calcio.

Seguendo Lorenzo e Giovanni, alla quarta curva Ardito e Oriana erano completamente disorientati. L'unico riferimento che avevano era l'odore di bruciate, che passo dopo passo diventava più forte.

Dalle stanze affacciate sugli stretti corridoi che attraversavano, di tanto in tanto si affacciava qualcuno. Lorenzo e Giovanni non facevano che ripetere: – Ci sono i nipotini del Biagini!

E giù tutti che gli facevano festa e gli chiedevano come

stesse il nonno, e gli dicevano di salutarlo, «Mi raccomando, io sono Alberto», «Ditegli che lo saluta il Gori» eccetera. Ardito e Oriana sorridevano ma sapevano già che una volta tornati a casa non si sarebbero ricordati nemmeno mezzo nome.

Comunque, a quanto pareva il nonno, lì, doveva essere stato una specie di celebrità. Sarebbe stato molto contento di vedere in quanti si ricordavano di lui! Ardito si diceva che almeno quello non se lo doveva dimenticare, che gliel'avrebbe dovuto raccontare per forza.

Poi erano entrati in una stanza ed era stato come chiudersi in un forno dove è appena stato cotto un castagnaccio, come quello che faceva la nonna.

La nonna: se fosse entrata lì, le sarebbe preso un colpo. C'era più confusione che nello stanzone della parrocchia dopo una festa di carnevale dell'asilo. Disegni, fogli di giornale, pezzi di pongo (non il pongo fluo, ma uno color beige) luci bianche, lenti d'ingrandimento, pinzette e strumenti che sembravano di tortura. Odore di castagne ovunque. Caldo da togliere il fiato.

Un uomo magro era seduto su una sedia di legno vicino al termosifone e a un forno elettrico. Era piccolino, tanto che dalla sedia con i piedi toccava a malapena a terra. Lorenzo gli si era avvicinato urlandogli: – Babbo, guarda un po'! Lo sai chi sono questi? I nipoti del Biagini.

Dopo aver controllato l'ora da un cipollotto d'oro giallo tutto graffiato che teneva nel taschino, il signore gli aveva sorriso e fatto cenno di andare a sedersi vicino a lui. Doveva vederci male perché gli occhiali erano molto spessi.

– Piero Torri, piacere –. Aveva teso loro la mano che tremava tutta, non certo per il freddo, là dentro.

– S'iniziò insieme a fare questo lavoro, con il vostro nonno, lo sapete?

Oriana e Ardito gli avevano sorriso. No, non lo sapevano.

– Entrai qui che lui c'era da poco, era venuto a lavorare con il suo zio dopo l'alluvione. Prima lui aveva un laboratorio proprio sopra Ponte Vecchio, ma dopo la paura che s'era preso che tutto gli finisse in acqua aveva detto che lui su un ponte non ci voleva più stare. Loro nella stanza tredici, io nella quattordici. Io e Marzio, al tempo, s'era i più giovani. A metà mattina si prendeva il caffè e ci si fumava una sigaretta e la sera prima di andare a casa, se non era troppo tardi, si faceva una partitina.

Ardito si era illuminato.

– Giocava a calcio con il mio nonno?

– Diamine! Ma io non ero mica buono a giocare, tiravo certe ciabattate...

A quanto pare Lorenzo e Giovanni avevano qualcosa da aggiungere. – Il tuo nonno giocava anche con noi quando s'era piccini.

– Quando si veniva a trovare il babbo, una partitina ce la faceva sempre fare.

– Noi gli si diceva, per scherzo: «O Biagini, stai a vedere che hai sbagliato mestiere!». Come sta Marzio?

Ardito e Oriana non sapevano cosa rispondere. Non avrebbero saputo dire se fosse migliorato, peggiorato, rimasto uguale... Alla fine non era venuto fuori niente di meglio di un: – Insomma...

– Eh sì, non ha fretta lei...

Ardito si era girato verso Oriana. – Lei chi?

– La malattia, cretino –. Oriana gliel'aveva sussurrato, ma a giudicare dai sorrisini l'avevano sentita tutti.

– Anche la malattia ce l'abbiamo in comune. Pur se in modi diversi.

– In che senso? –. A Oriana non bastava fermarsi lì.

– Con il Parkinson a qualcuno trema il corpo, – aveva risposto il signor Piero, e si era guardato la mano – a qualcun altro la testa, come è successo al vostro nonno.

– E che vuol dire che gli trema la testa?

– Vuol dire che inizi a scordarti di tutto, compresi i nomi di cose semplicissime. Un giorno ti alzi e per girare il caffellatte chiedi un orologio. A volte vedi cose che non esistono, ma per te sono reali. Eccome se lo sono...

– Ma che lei sappia... da quanto tempo il nonno è malato?

– Sarà stato dieci anni fa che iniziò a camminare con le mani dietro la schiena, con le dita intrecciate, perché nessuno notasse che tremavano. L'avevo visto come stringeva le pinzette e la lente, per evitare che gli cadessero. Poi iniziò a saltare la nostra partitina a pallone. A non far entrare più nessuno in stanza. Da qui, sentivo rumori di cose rovesciate. Poi smise di venire a lavorare. Non voleva che lo vedessimo così.

– Perché?

– Perché si vergognava. Voi non vi siete mai vergognati di qualcosa?

Una volta, all'asilo, Oriana, decisa a vestirsi da sola, aveva litigato con Malvina fino a che non l'aveva spuntata lei, e si era dimenticata di mettersi le mutande. Ardito si era messo a ripensare a tutte le volte che la mamma aveva riso della sua paura del buio. Ci vergogniamo sempre quando gli altri ci vedono più fragili di quello che vorremmo sembrare.

Sì che si erano vergognati. E Ardito si era anche sentito in colpa. Chissà quanto stava male il nonno a vedere la sua espressione quando sbavava. Era come dirgli in faccia ogni volta: "Lo sai che mi fai un pochino schifo?".

Le mani del signor Piero non si fermavano un attimo.

– Io facevo gioielli: preparavo le crete, disegnavo gli anelli, le collane. Una volta feci un anello a forma di ghepardo. Bellissimo pezzo, gli occhi erano due brillanti. E Biancaneve, avete presente? Una volta disegnai una mano, come quella della matrigna; teneva tra le dita un rubino... Ora non posso fare più nulla, non riesco nemmeno a modellare la creta. Tutte le pietre mi scappano di mano, le perdo in continuazione.

La sua voce si era rotta. Aveva fatto finta che fosse la tosse e si era alzato per togliere le castagne dal forno. Ardito si chiedeva se non provasse invidia a vedere Lorenzo e Giovanni che facevano il lavoro che un tempo era il suo, come lui provava invidia a vedere i suoi compagni giocare. Pensava alla sua squadra, alla sua fascia, alle sue partite, al suo campionato che ora sembravano essere sempre di più la squadra, la fascia, le partite, il campionato di Tommaso.

– Volete una bruciata?

Il signor Piero aveva aperto il panno che avvolgeva le caldarroste. Bruciate e calde. Buone.

– Quindi, perché siete venuti?

– Il nonno aveva bisogno che gli prendessimo due vecchie cose che voleva rivedere dopo anni.

Oriana era stata più veloce di lui.

Dentro il vecchio studio del nonno ogni cosa era in un ordine quasi maniacale. Solo la polvere regnava senza una disposizione precisa, tutto il resto aveva un posto assegnato, catalogato con sigle sconosciute. In giro non c'era niente di casuale, nessuna penna, nessun foglietto con un numero di telefono, nessuna pietra. Le pinze erano ordinate dalla più grande alla più piccola, le lenti erano in fila, come gli incisori, la pasta modellabile in una teca perché non si seccasse. La cassaforte era aperta, vuota. Quella stanza ricordava una casa prima di essere chiusa per l'estate.

C'era una finestra enorme con una vista così bella che non sembrava nemmeno una finestra, ma un quadro. Si vedeva l'Arno che sonnecchiava tra Ponte Santa Trinita e Ponte alla Carraia, mentre le luci dei lampioni (appena accese) erano come tante lucciole che danzavano sull'acqua. Le statue sui ponti, immobili, controllavano che i passanti non facessero troppa confusione.

Lo studio era piccolo, e l'unica cosa che avrebbe potuto dare loro qualche indizio erano dei taccuini con gli stessi numeri e le stesse lettere degli appunti che avevano trovato in mansarda. Li avevano un po' sfogliati, poi avevano deciso di portarli a casa, per provare a decifrarli con calma.

Di brillanti nemmeno l'ombra.

– Guarda qui...

Sul tavolo da lavoro c'erano due cornici. In quella a sinistra, una foto della nonna insieme alla mamma di Ardito e a zia Malvina, mentre giocavano con le bolle di sapone. Doveva esser stata scattata in estate, tanto tempo prima. A destra, invece, c'era una foto del nonno da giovane sul Ponte Vecchio insieme a un signore molto elegante. Il nonno era in piedi, sorridente, con una mano sui fianchi e l'altra sulle spalle del signore. Questo aveva un cappello in testa, di quelli che portavano gli uomini prima della guerra, indossava una giacca di lana e in mano stringeva un bastone a forma di fenicottero. In cima, sull'impugnatura, una testa furba con gli occhi verdi. Due smeraldi.

– Lui deve essere lo zio del nonno, quello con cui lavorava.

– Lo zio Mario...

Bip-bip: una vibrazione nella tasca dei pantaloni. WhatsApp.

– Angelica è negli spogliatoi –. Oriana gli aveva fatto vedere l'ora. – Dobbiamo sbrigarci a tornare.

– Ma Angelica non ha un telefono...

– Sta scrivendo da quello della nonna, tanto poi cancella e lei non si accorge di nulla.

Avevano preso i taccuini, chiuso bene la porta, e poi via di nuovo verso il lungarno. Ardito e Oriana correvano verso la fermata dell'autobus *galleggiando* e, forse per l'emozione, forse per il freddo, forse perché quella era stata proprio un'avventura, correvano a più non posso. Ridevano, si sentivano come due alpinisti al ritorno da una scalata. Alle loro spalle il signor Piero, le bruciate, il laboratorio nel nonno. Parlavano fitto fitto: avevano mille supposizioni, domande, ipotesi. Forse avrebbero dovuto portarci anche il nonno, nella Casa dell'Orafo: gli avrebbe fatto piacere vedere quante persone si ricordavano bene di lui. Glielo avrebbero raccontato, sì, ma non sarebbe stata la stessa cosa.

Aveva così tanta voglia di raccontargli quante persone si ricordavano di lui alla Casa dell'Orafo, che non si era nemmeno domandato se fosse il caso. Eppure c'era qualcosa che gli diceva che si poteva fidare, che non li avrebbe traditi, non sarebbe andato dalla nonna a spifferare tutto.

Così Ardito era andato in sala a cercarlo, ma il nonno non era in poltrona come al solito. Nemmeno in tinello, né in cucina. Solo allora aveva sentito che dal fondo del corridoio venivano delle voci. Anzi, dal bagno.

Là dentro qualcuno ansimava, sembrava che stesse facendo fatica. Ardito si era avvicinato piano piano e aveva appiccicato l'orecchio alla porta, come un pellerossa al binario per sentire se ci sono treni in arrivo.

– Non ce la faccio. Aiutami. Stai su, stai su, non ti reggo.

La voce della nonna. La porta era socchiusa e Ardito si era affacciato giusto un pochino, per vedere che cosa stesse succedendo.

Carta igienica come se si dovesse incartare uno stadio, odore di borotalco misto a qualcosa di acre, asciugamani, la nonna che tentava di tenere il nonno, che era in piedi, mezzo nudo.

– Lasciami, lasciami andare, non voglio, non voglio!
– Marzio, fermati, non ce la faccio così, fermati...

Ardito sentiva lo stomaco come uno straccio per i pavimenti, che qualcuno stava strizzando ben bene. Gli veniva da vomitare, gli girava la testa. Aveva distolto lo sguardo. Lui non si doveva preoccupare di quelle cose, non avrebbe nemmeno dovuto sapere della loro esistenza.

Aveva richiuso la porta. Alle sue spalle aveva sentito l'aria scomparire e poi investirlo di nuovo; era stato trascinato via, sulla terraferma del corridoio, della sala, al sicuro.

13 DICEMBRE

IL PRESEPE

Era riuscito ad addormentarsi solo molto tardi e il suono della sveglia era stato un piccolo trauma. Era sabato, ma doveva andare a scuola: lezione speciale sul pronto soccorso.

In palestra si facevano scommesse su chi sarebbe svenuto per primo e in diversi avevano puntato sul Buzzi, una sicurezza visto che in terza elementare, al museo de La Specola, era stramazzato preciso preciso su una teca di una martora imbalsamata, frantumandola.

Tommaso era arrivato in ritardo e subito Ardito aveva notato che al suo avambraccio spiccava la fascia da capitano. La sua fascia. Gli si era seduto vicino, inondandolo di parole: il Mister aveva deciso di lasciarlo capitano per un'altra giornata di campionato, forse due, tanto Ardito non sarebbe potuto rientrare per la partita contro i Galli di Greve. Mica gli dispiaceva, no? Tanto lui ormai avrebbe ricominciato a gennaio, no? Perché i suoi sarebbero tornati a gennaio, no?

La sua voce suonava lontana e si confondeva con quella del dottore dell'ambulanza. Ardito sperava solo che la fascia sul braccio di Tommaso, la sua fascia, iniziasse a stringersi, stringersi, stringersi, fino a trasformarsi in un laccio emostatico. Così avrebbe provato quello che provava lui, che nelle vene, di sangue, non se ne sentiva pompare più nemmeno un goccio.

Anche tutto quello che aveva vissuto il giorno prima sembrava scomparso, cancellato dalla memoria. E se il Mister si fosse accorto che Tommaso giocava meglio di lui? Se quella fascia non fosse più tornata indietro? Aiutare la squadra un corno: lui non serviva più, ecco la verità.

In sottofondo, Tommaso chiedeva informazioni sui Galli, sui modi migliori per farli innervosire, sul loro capitano. Tutto quello di cui normalmente Ardito avrebbe potuto parlare per ore adesso lo infastidiva.

Massaggi cardiaci e respirazione bocca a bocca. Il campo di Greve si allagava facilmente? *Cercare il punto giusto, dall'unione delle costole fino allo sterno.* Avevano una tifoseria abbastanza "calda"? Tommaso non accennava a fermarsi e in un'ora di lezione di pronto soccorso, ad Ardito sembrava di aver perso tutte le funzioni vitali primarie.

Da quando era tornato da scuola, aveva pronunciato solo due parole: – Ancora pasta –. Poi stop, fine delle comunicazioni. Era sprofondato sul divano, con un cartello invisibile sulla testa che diceva: “Non disturbare”.

Stava perdendo il posto in squadra. Tommaso si stava allenando, lui no. E quando sarebbe tornato, dopo un mese in poltrona, come avrebbe giocato? Temeva che non avrebbe mai più rivisto quella fascia al suo braccio, e che lui sarebbe diventato un insignificante giocatore *qualsiasi*. Sogni di gloria, addio. Sogni di lui in una squadra importante, di lui su quella maledetta figurina su cui fantasticava tanto...

Doveva prendere a calci qualcosa, doveva correre, sfogarsi. Fuori pioveva, la nonna non l’avrebbe mai fatto uscire. Aveva voglia di mettere in disordine il mondo. Peccato che l’unica cosa da fare a casa fosse il presepe.

Per tradizione il presepe veniva allestito dentro il camino e, dato che la nonna era molto occupata, aveva passato la palla ai ragazzi.

Oriana era fuori gioco perché stava facendo i compiti. Ardito non aveva nessuna voglia di partecipare all’operazione. Angelica gli aveva chiesto se poteva andare a prendere un po’ di muschio.

– Io il presepe non lo faccio.

– Dai, io ho già recuperato i sassi. Non lo vedi che ho da fare qui?

Era impegnata a sistemare i Re Magi: a casa della nonna li avevano in edizione “pezzo unico con i cammelli”, ed era praticamente impossibile farli stare in piedi, a meno che non venissero appoggiati al muro. Ma si può portare in dono oro, incenso e mirra, e poi stare appoggiati a una parete, come una tappezzeria? Come si poteva ospitare in un presepe tre tizi in quelle condizioni? Se nessuno li avesse sistemati, sarebbero arrivati alla capannuccia a primavera, sempre che non avessero dovuto far abbattere i cammelli lungo la strada per evitare di farli soffrire...

– Io ho i compiti di matematica, magari potessi fare il presepe... – aveva detto Oriana, e poi, accorgendosi che nella mangiatoia c'era già Gesù Bambino: – Angelica, togli Gesù di lì, mica è il 25!

Angelica lo aveva afferrato distrattamente, ma erano venute su anche mangiatoia e capannuccia.

– Mi sa che è incollato.

Ora, un conto erano i magi inamovibili e attaccati ai cammelli, ma Gesù Bambino dentro il presepe il 13 dicembre era davvero troppo, come vedere già i regali sotto l'albero. Va bene che la storia la conoscono tutti, ma il gusto dell'attesa ha sempre il suo fascino.

Angelica, con il secchio in mano per andare a prendere il muschio, aveva sentenziato: – Si vede che in questa casa c'è bisogno di Gesù Bambino anche prima di Natale.

Ardito e Oriana erano rimasti da soli.

– Portali in mansarda –. Oriana gli aveva passato i taccuini – Dopo li guardiamo con calma.

Ardito aveva allungato una mano svogliatamente; la

mansarda, in quel momento, sembrava lontana anni luce. Poi l'immagine di Tommaso con la sua fascia al braccio aveva vinto sul resto e lui era rimasto a crogiolarsi sul divano.

Dopo un'ora era ancora lì, e i problemi pure.

Come quando ti addormenti sul divano e vorresti che qualcuno ti teletrasportasse a letto, ma finché non decidi di alzarti, sei destinato a rimanere lì. Realizzando quindi che, standosene lì spaparanzato, non sarebbe cambiato assolutamente niente, Ardito si era alzato.

Si era ritrovato solo davanti al presepe illuminato, che Angelica aveva finito senza di lui. In salotto non c'era più nessuno. Si era avvicinato al camino e aveva provato anche lui a togliere il bambino dalla mangiatoia. Niente, era proprio incollato.

«Si vede che in questa casa c'è bisogno di Gesù Bambino anche prima di Natale.» Gli era tornata in mente la frase di Angelica.

Aveva guardato quel bambino. Non sapeva nemmeno se ci credeva o no; alla fine, non era una cosa che poteva decidere così, dal niente. Comunque. Provare a parlarci di certo non avrebbe fatto male a nessuno.

Sapeva che Ardito aveva fatto una promessa al nonno? Certo, se era Dio, di sicuro ne era a conoscenza. Il punto era che non sapeva come muoversi. Si chiedeva se non fosse meglio lasciar perdere, gli venivano mille dubbi. D'accordo, quella era una giornataccia per la storia della fascia da capitano (tra l'altro, per caso era possibile far succedere qualcosa a Tommaso? Nulla di grave, ci mancherebbe, magari una storta alla caviglia...), ma, a parte quello, come diavolo faceva a ritrovare quel brillante?

Non stava chiedendo un miracolo, tipo che di colpo il nonno iniziasse a raccontargli tutta la sua vita; si sarebbe accontentato di un piccolo indizio, uno qualsiasi. Insomma, il succo era che ogni aiuto in più sarebbe stato ben accetto.

Era rimasto fermo a fissarlo per un po'. Lui non aveva più niente da dire. Voleva solo andare a letto e chiudere quella giornata, ma... come si salutava Dio? Si doveva dire una preghiera? Nel dubbio, Ardito aveva recitato un Padre Nostro un po' sgangherato. Non si immaginava certo che la sua preghiera fosse già iniziata.

Aveva preso distrattamente i taccuini, che però gli erano caduti in terra. Da uno era volato fuori qualcosa.

Una foto strappata più o meno a metà. Considerando quanto era meticoloso il nonno, era strano che avesse trattato qualcosa con così poca cura.

Ardito l'aveva presa, osservata, e visto qualcosa che non si sarebbe mai aspettato.

Aveva corso più veloce che poteva.

– Oriana!

– Sono al telefono!

Ardito le aveva tolto il cellulare di mano. – C'è una foto del nonno da calciatore!

Le aveva messo davanti la foto. Il nonno, con le braccia conserte, stava dritto in piedi, sorridente e in tenuta da calcio. La foto era in bianco e nero, non si vedeva bene.

– E allora?! Non ce l'avevano detto anche alla Casa dell'Orafo, che si faceva le sue partitine?

– Guarda bene –. Gliel'aveva praticamente incollata agli occhi. – Ha una maglia di una squadra *vera*! Dobbiamo assolutamente scoprire quale.

– Ardito, sono al telefono…

– Questo potrebbe dirci di più sulla storia del nonno! –. Ardito era già partito per la tangente. – Chi sarà quello accanto a lui?

– Non ora, Ardito.

Oriana si era ripresa il cellulare, aveva ricominciato a scrivere fitto fitto ed era andata via, senza guardare nemmeno dove metteva i piedi.

Discussione finita.

Ardito non si sarebbe arreso così facilmente.

– Nonna, guarda qui!

– Oh bravo, avevo proprio bisogno di te. Puoi andarmi a prendere un po' di *ramerino* per piacere?

Le aveva messo davanti la foto strappata.

– È il nonno da giovane.

– Sì, ma vedi com'è vestito?

La nonna aveva inforcato gli occhiali.

– È vestito leggero. Sarà stata estate.

– Ma non vedi COSA ha addosso?

– Una maglietta bianca e dei pantaloncini corti...

– Nonna, è una divisa da calcio!

– Sarà stato a giocare con i suoi amici...

– Sì, ma dove? Con chi?

La nonna aveva preso la foto e se l'era portata ancora più vicino agli occhi. – Ma che vuoi che ne sappia! Guarda, secondo me qui non eravamo ancora fidanzati...

– Quando vi siete fidanzati?

– Ufficialmente il 13 novembre del 1966. Sai che cos'era successo da poco a Firenze?

– No.

– L'alluvione. Ma come, non lo sai?

Ci mancava anche l'interrogazione di storia. Ardito aveva biasciato qualcosa e se ne era andato, ufficialmente alla ricerca del rosmarino, con la foto strappata in mano.

Ultima fermata: il nonno Marzio.

Non era mai difficile trovarlo.

– Nonno?

Ardito gli aveva fatto vedere la foto. Al nonno per un attimo erano brillati gli occhi, ma Ardito non era stato attento alla sua reazione. Oriana non avrebbe mai commesso quell'errore.

– Giocavi in una squadra! Dov'eri qui?

– A giocare...

– Sì, ho capito, ma dove?

– Era tanto tempo fa...

– DO-VE nonno?

– A Santa Croce, dove stavo io...

– Arditooo? Il ramerino, allora?! –. Voce fuori campo. La nonna.

Ardito gli aveva sorriso di rimando ed era finita così.

Il resto lo avrebbe fatto lui.

14 DICEMBRE

LA STELLA

Quando scopri di avere qualcosa in comune con una persona a cui tieni, ti si apre uno sterminato ventaglio di argomenti di cui vorresti parlare, di discorsi che potresti fare, di pareri che vorresti chiedere. Avere il calcio in comune con il nonno offriva ad Ardito possibile materiale nuovo di zecca per il tema (il tema!) e mille domande: perché non gli aveva mai detto che il calcio era una sua passione? Andava allo stadio? Da quanto non vedeva una partita? Gli sarebbe piaciuto assistere a una delle sue? In che ruolo giocava? E in quale squadra?

Si sentiva un leone. Era domenica, la giornata era bellissima, il cielo sembrava da cartolina, e Matteo lo aveva chiamato per dirgli che la partita con i Galli di Greve era stata annullata. Rimandata al 16 dicembre. L'arbitro non si era presentato, una roba mai vista. Questo significava che l'indomani Ardito non si sarebbe dovuto sorbire Tommaso e, soprattutto, i suoi racconti trionfali.

Subito era tornato in mansarda e aveva cercato qualcosa che lo aiutasse a capire. E cercato. E cercato. Ma non aveva trovato niente. Niente foto strappate che potevano combaciare, niente foto di calcio, niente che potesse spiegare cosa ci faceva il nonno vestito così. Niente accenni a Santa Croce. Cioè, Ardito sapeva che il nonno era nato lì, ma a parte quello, niente. In ogni caso, era una giornata troppo bella per intestardirsi a stare chiusi in mansarda e per essere di cattivo umore. Il giardino chiamava. Il nonno aveva bisogno di aria e di un campo, poteva scommetterci. Ardito di sicuro.

A casa, la domenica, andava sempre Sergio, un ragazzo boliviano, a occuparsi del nonno, in modo che la nonna potesse riposare un po' e dedicarsi al pranzo. Dedicarvisi, nonostante tutto, per lei era un segno che, sebbene la vita fosse complessa, alcune tradizioni erano comunque più forti. Il pranzo della domenica era una di queste.

Alla nonna piaceva sentire le posate che sbattevano contro i piatti, il fruscio della tovaglia e il rumore lieve delle briciole che cadevano dai tovaglioli. Le piaceva cucinare per le persone a cui voleva bene, era il suo modo di dire quello che a parole non le sarebbe riuscito.

Si ricordava dei piatti preferiti di ciascun componente della famiglia, dall'antipasto al dolce, e li alternava, anche se nessuno sembrava accorgersene. Un calendario perfetto, infallibile, che prevedeva, di tanto in tanto, qualche novità, giusto per non mangiare sempre le stesse cose. La nonna non voleva essere ringraziata, aiutata o, orrore orrore!, sostituita; aveva un unico dispiacere: cucinare qualcosa che poi rimanesse indifferente nel piatto, come se si trattasse di uno squallido panino con la sottiletta.

Per questo soffriva se nessuno le faceva un complimento sui piatti che presentava in tavola, per quanto collaudati già mille volte. Sicuramente non ce ne sarebbe stato bisogno, perché era sempre tutto buonissimo, ma lei era fatta così; in cambio, chiedeva solo che qualcuno le desse un po' di sicurezza.

Se i grandi potevano capirlo, con i bambini, egoisti per definizione, la partita era persa in partenza. Mai avrebbero pensato di dire grazie per un pasto: non faceva parte dei doveri degli adulti? Il pranzo della domenica, poi, non rientrava nel contratto nazionale delle nonne?

Quella domenica la nonna aveva deciso di lanciarsi in un esperimento: crêpes al radicchio. I risultati però erano stati disastrosi.

Angelica aveva scartato il radicchio per mangiare solo la crepe, Oriana non aveva nemmeno voluto toccarle e Ardito sosteneva che fossero troppo amare: non sarebbe stato meglio wurstel e patatine, che ci si metteva anche meno?

Il nonno invece aveva mangiato tutto, aiutato dalla

nonna, anche se dalla faccia che faceva non sembrava che quella crêpe piacesse troppo nemmeno a lui.

– Dove andate?! Non vedete che fa un freddo birbone?

– Dai nonna, è una giornata bellissima!

Senza chiedere il permesso (tanto la nonna era già arrabbiata per via delle crêpes al radicchio), dopo pranzo Ardito aveva aiutato Sergio a portare il nonno in giardino, con il montascale per la carrozzina. Voleva fare due tiri a pallone con il nonno.

– Finirà che qualcuno si prende un malanno!

– C'è il sole! –. Ardito non aveva voluto sentire ragioni.

Visto che non aveva mai giocato con qualcuno in carrozzina, all'inizio aveva fatto come si fa con quelli scarsi e aveva messo il nonno in porta. Ma lui non reagiva, niente, zero cosmico. Si era pure beccato una pallonata in faccia. Poi Sergio aveva avuto un'idea: lui sarebbe stato le gambe del nonno. Avrebbe mosso la carrozzina, così il signor Marzio avrebbe potuto rincorrere la palla. E in porta ci avevano messo Oriana.

Allora sì che il nonno si era scatenato! Con la testa voleva arrivare dappertutto. Per un attimo aveva anche avuto l'istinto di provare ad alzarsi e per poco non era caduto. Facevano solo pochi passaggi, ma il nonno rincorreva la palla non come i suoi compagni, che avevano sempre paura di farsi male, ma come se fosse la cosa più importante della sua vita. Magari in quel momento lo era davvero. E in quel momento, dentro alla cosa più importante della sua vita, c'era anche Ardito.

Solo salendo le scale di casa, Ardito si era reso conto di quanto fosse tardi. Dalla cucina, rumore di tegami. La nonna non li aveva richiamati, rimproverati, non aveva tirato nemmeno un urlo, eppure erano stati fuori tutto il pomeriggio e lui e Oriana non avevano fatto i compiti! Era stata a guardarli giocare dalla finestra, mordendosi la lingua per non dire nulla, anche quando il pallone era arrivato in faccia al nonno. Le era bastato vederlo ridere, per distendersi anche lei. Aveva già preparato il lasonil e la cena era pronta in tavola. Wurstel e patatine per tutti. In quel momento Ardito aveva realizzato quante cose facesse la nonna ogni giorno senza che nessuno se ne accorgesse.

Dopo cena l'aveva seguita in terrazza, dove si stava fumando una sigaretta.

– Guardi le stelle, nonna?

– Io le stelle non le guardo più da tanto.

– Perché?

– Perché mi addormento appena mi siedo.

«Come si fa a dormire quando in cielo ci sono le stelle,» aveva pensato Ardito «quando ci sono notti come queste, notti che sembrano fatte apposta per stare su una terrazza fredda, sotto una coperta calda, con la cioccolata con le nocciole da sgranocchiare, per ore, ore, ore. Il respiro che esce dalla bocca. Un fumo senza sapori. Una nuvola sul livello del mare. Forse la nebbia nasce proprio così. Magari sono giganti che respirano in una gelida mattina d'inverno. O in una serata piena di stelle. Stelle come puntini da unire nella settimana enigmistica, corridoio di luce per un aereo che sta per decollare, collane intergalattiche, varicella della notte, puntini di impressionisti disoccupati...» Okay, stava divagando.

– Nonna: secondo me cucini meglio della mamma, della zia, e anche delle mamme dei miei amici, persino del fast food, ma il radicchio... –. Ardito la fissava e lei fissava il cielo. – Hai visto oggi come si è divertito il nonno a giocare a calcio?

– L'ha sempre seguito tanto, il calcio. E brontolato tanto, tutte le volte.

– Ma sei proprio sicura sicura che lui non giocava?

– Te l'ho detto: quando ci fidanzammo non giocava. Prima non so dirti se con i suoi amici tirasse due calci ogni tanto...

– Peccato.

– Peccato cosa?

– Mi sarebbe piaciuto un nonno calciatore.

Alla nonna era scappato da ridere.

– Ti immagini, mi ci mancava solo quella.

– Perché?

– Ardito, guarda, è caduta una stella!

– Devi esprimere un desiderio allora!

– Figurati! Non ho mica più l'età per queste cose.

– Ma che dici, nonna?!

– Facciamo così, lo regalo a te, il mio desiderio.

– No! I desideri non si possono passare agli altri. Devi esprimerlo tu.

– Allora vorrei che il nonno non fosse malato.

Quella gli sembrava una richiesta un po' esagerata: anche un genio della lampada avrebbe avuto da obiettare.

– Nonna, ma questo non si può.

– Allora vedi che facevo bene a regalarlo a te?

Poi la nonna era rientrata in salotto e Ardito era rimasto da solo.

Fosse stata davvero sua, la stella, avrebbe chiesto solo qualche altro pomeriggio come quello.

15 DICEMBRE

LA SIRENA

Una sirena sempre più vicina.

Vetri per la strada. Sonno spezzato. Passi ovunque. Si sentivano come fossero una marcia, un requiem. Avevano fatto traballare la casa, vibrare le pareti. Quando Ardito aveva aperto la porta della camera si era sentito come un uovo bollito, come se si fosse ritrovato nudo di colpo. Senza guscio, senza protezioni.

Ardito, Oriana e Angelica si erano svegliati così. Non aveva suonato la sveglia, ma la sirena di un'ambulanza, una sirena così forte da essere stonata, stridula, insopportabile. La nonna urlava, ma il nonno non rispondeva. Lo aveva scosso, gli aveva parlato, chiesto per favore, l'aveva pregato di risponderle, ma niente. Aveva provato a svegliarlo con i baci e con gli schiaffi. Sembrava addormentato. Ardito era sceso dal letto in pigiama. I piedi sul pavimento congelato, aveva freddo. Si era dimenticato le ciabatte. Un dottore aveva fatto le scale di corsa, a due a due. Nessuno lo aveva salutato.

L'attimo dopo il nonno era su una barella, una mascherina, tubi che gli si incastravano dentro, gli occhi chiusi, i capelli come cotone e suoni di apparecchi complicati, corti e lunghi, corti e lunghi.

«Se suona vuol dire che è ancora vivo» aveva pensato Ardito.

Oriana era accanto a lui, anche lei a piedi nudi.

La nonna aveva seguito il nonno, correndo dietro ai dottori vestiti di bianco. Avevano tutti le scarpe da ginnastica, forse perché così correvano meglio.

– Non c'è tempo da perdere.

– Marzio...

– Lo intubiamo qui?

– Non sento il cuore, è troppo debole.

«Ma se suona vuol dire che è ancora vivo» continuava a pensare Ardito.

Dopodiché erano scomparsi oltre le scale. Lui e Oriana si erano precipitati alla finestra. Angelica era già lì. Avevano visto i piedi del nonno scomparire dentro l'ambulanza, e questa partire a mille, un'ambulanza da corsa. Neanche il nonno aveva fatto in tempo a mettersi le ciabatte, o i calzini.

La neve in giardino ancora dormiva.

Poi la sirena aveva iniziato di nuovo a strillare. Si capiva perché Ulisse fosse quasi morto, per colpa delle sirene. Erano insopportabili. Piano piano il suono si era fatto lontano, sempre più lontano, indistinto, fino a che non era diventato parte del profondo silenzio di quella notte di dicembre.

Il mattino dopo la zia Malvina era uscita prestissimo.

– Voi rimanete qui. Non muovetevi e non aprite a nessuno, intesi?

Ardito, Oriana e Angelica erano rimasti soli. In pigiama, senza ciabatte.

Non erano andati a scuola, erano rimasti tutta la mattina in casa, in attesa che qualcuno tornasse dall'ospedale, o almeno chiamasse e spiegasse loro che cosa stesse succedendo. Erano liberi, senza adulti, senza doveri, senza compiti, ma tutti e tre avrebbero barattato qualsiasi cosa purché il nonno non se ne andasse. Era stato troppo in giardino? Aveva preso troppo freddo?

Ardito non la voleva la libertà, non se ne faceva niente. Voleva sapere cos'era successo e aveva una grande, grandissima paura che fosse colpa sua.

16 DICEMBRE

I BISCOTTI

La zia era passata per casa come una cometa d'estate, di quelle che si vedono solo per un istante, prima di essere inghiottite di nuovo nel buio.

Li aveva accompagnati a scuola, era andata a riprenderli. Gli ordini erano di rimanere a casa.

Oriana aveva provato a chiamare la zia al cellulare per avere notizie, ma non era riuscita a scoprire molto di più. Che stessero tranquilli in casa, più tardi lei e la nonna avrebbero spiegato tutto.

– Sì, auguri, se ci spiegano come al solito...

Ardito era in modalità polemica, ma Oriana cercava di mantenere alto il morale. Alla fine, era lei la maggiore.

– Comunque non c'è molto che possiamo fare... Andiamo in mansarda e vediamo se troviamo qualcosa sul brillante?

Angelica aveva annuito. Nessuno aveva chiesto il suo aiuto, ma lei si sentiva a tutti gli effetti parte della ricerca dei grandi.

– Io non vengo.

Era Ardito che non ci stava. Un giorno okay, ma due no. A casa ad aspettare, a sentire le ore che batteva l'orologio della sala, una dopo l'altra, non ce la faceva. Erano le 14. Aveva un intero pomeriggio davanti. Se fosse stato fermo ancora, sarebbe impazzito, di sicuro. Era arrabbiato, ma non sapeva con chi, non sapeva *perché*. Con chi ci si arrabbia quando una persona cara sta male?

Aveva caldo, era in maglietta, ma stare in maglietta non gli bastava. Aveva voglia di correre, urlare, dare rispostacce a tutti. Alle 15 sarebbe iniziata la partita contro i Galli di Greve, quella che avevano rimandato. Avrebbero giocato in campo neutro, al Girone. E ancora una volta, Tommaso avrebbe giocato con la *sua* fascia.

Felpa, chiavi, bicicletta, lucchetto. Senza dare spiegazioni a nessuno, era uscito.

Non era andato negli spogliatoi, né in panchina. Non voleva salutare nessuno. Si era messo direttamente sugli spalti. Il Rapid Ripoli giocava con la divisa bianca, i Galli di Greve con quella rossa. Tommaso aveva stretto la mano a Morelli Saverio, detto Cedrone, il loro capitano. Poi la partita era iniziata.

Ardito aveva osservato in un silenzio innaturale. E dire che stare in silenzio, per quella partita, era proprio impossibile. I suoi giocavano bene, lo vedeva da sé. Salivano bene, tenevano la palla bene. A un certo punto qualcuno doveva aver detto al Mister che lui era lì, sugli spalti, e il Mister gli aveva come fatto cenno di raggiungerlo in panchina, ma Ardito era rimasto fermo al suo posto. Dentro, solo rabbia. Per quella partita, che stavano giocando troppo bene senza di lui, per il Dadieci che non avrebbe mai preso, per la sua fascia da capitano, per il nonno all'ospedale. Perché forse era colpa sua.

Se il mondo fosse stato una libreria, Ardito avrebbe tirato giù tutti i libri dalle mensole. E poi avrebbe tirato giù le mensole. E poi le pareti. Il Rapid Ripoli non doveva vincere; la partita doveva andare nel modo peggiore possibile, perché i suoi compagni dovevano soffrire come lui, anche Tommaso, soprattutto Tommaso, il bastardo, che gli aveva rubato il posto in squadra e che magari avrebbe preso Dadieci, lui e il suo nonno insopportabile con la Ferrari... La partita era finita in un lampo e Ardito aveva l'impressione che fosse iniziata da appena dieci minuti.

Risultato: 2-0 per il Rapid Ripoli. Scendendo dagli spalti, Ardito si era avvicinato al campo. I suoi compagni stavano andando negli spogliatoi. Aveva aspettato che passasse Tommaso. Lui, tutto sorridente, si era avvicinato alla rete che li divideva, come per dargli la mano.

Ardito ci aveva visto nero, poi rosso, e gli si era scagliato addosso. – Sei un bastardo! –. Glielo aveva urlato, perché sperava che urlando uscisse fuori tutto quello che aveva attaccato dentro, come il catarro, come quando continui a tossire, tossire, tossire per liberarti. Ecco, Ardito voleva solo essere libero, ma più urlava e più si sentiva stretto dalle catene. – Un bastardo, capito?! Vieni qui, vieni! –. Voleva solo colpirlo, il più forte possibile.

– Che ti prende? Ti sei drogato? – gli aveva chiesto Tommaso.

Una mamma, sugli spalti con lui, aveva dovuto trattenerlo, per evitare che si facessero male.

– Ardito! Tommaso! Che succede? –. La voce del Mister.

– Ma che ne so, è impazzito, questo qui. Cos'è? Ti rode che con te come capitano, contro i Galli di Greve non abbiamo mai vinto? Eh?

– Tommaso, vai a farti la doccia.

Ardito era rimasto attaccato alla rete, come un cane da combattimento.

– Adesso vai a casa – gli aveva detto il Mister.

Quando Ardito era arrivato a casa, erano più o meno le cinque e mezzo del pomeriggio. Non gli interessava che fossero tornate la nonna e la zia, non gli importava che si arrabbiassero. Che lo mettessero pure in punizione, non gli interessava niente.

Ad aspettarlo, fuori dalla porta, c'era Oriana.

– Sono ancora tutti all'ospedale. Ti abbiamo coperto noi.

– E chi ve l'ha chiesto?

– Dove sei stato?

– Dove mi pare.

Vicolo cieco. Oriana aveva cambiato strategia.

– Devo farti vedere una cosa.

– Ora no.

– È una cosa sul nonno.

– Non me ne frega.

– Come non te ne frega?

– La nonna ha detto che domani possiamo andare all'ospedale a trovarlo.

– Io non ci vengo.

– Perché?

– Perché non ho voglia.

Ardito si era fatto strada verso camera sua, ma Oriana non aveva nessuna intenzione di lasciarlo andare così facilmente.

– Magari è lui che ha voglia di vederti...

Ma cosa voleva quella rompipalle?

– Magari puoi sfogarti per la partita...

Ardito era esploso senza nemmeno il conto alla rovescia.

– Sfogarmi di cosa, sentiamo? Non devo sfogarmi di niente!

Oriana aveva respirato profondamente; che pazienza che ci voleva...

– Sei proprio sicuro di non voler sapere quello che abbiamo scoperto?

L'aveva interrotta prima che lei potesse finire. – Ho detto che non me ne frega nullaaa!

Visto che Oriana si era piazzata in mezzo al corridoio, le aveva dato uno spintone e si era fatto largo. Nel preciso istante in cui l'aveva fatto, se n'era pentito, ma era troppo tardi. Si era voltato per vedere che fosse ancora in piedi. Non era riuscito a chiederle scusa, ma si era sentito in dovere di spiegarle, di provare almeno, perché soffriva così tanto.

– Io stavo benissimo fino a che non lo consideravo, il nonno. Benissimo! Poi arriva il tema, ci inizio a parlare, mi ci inizio a divertire per due, dico, due giorni e il terzo si sente male. Non è giusto! A che serve voler bene ai vecchi, se da un momento all'altro un'ambulanza può portarli via? È tutto bene sprecato, non serve a nessuno!

– Guarda che il bene non scade mica come la mozzarella...

– E dovrei anche venire all'ospedale? Così, se poi muore, ci sto ancora peggio.

– Bella maturità...

– E come dovrei essere a tredici anni?!

– E allora smettila di fare il fenomeno che va e viene quando gli pare!

– Smettila tu di fare la maestrina.

– Non ti ricordi più che hai fatto una promessa?

Colpito.

– La promessa non vale, hai sentito la nonna? Il nonno ha le allucinazioni, quel brillante non esiste.

– E quando sostenevi che fosse una cosa diversa?

– Mi sono sbagliato.

– No, invece! No, che non ti sei sbagliato!

– Basta, Orianaaa!

Ardito le aveva urlato in faccia così forte che la cugina non aveva più risposto. Poi aveva chiuso a doppia mandata il suo cuore e l'aveva avvolto in un impermeabile. Non sapeva come avrebbe potuto soffrire più di così. La cosa peggiore era che non credeva a una parola di quello che aveva appena detto.

Una volta solo, in camera sua, dal diario aveva tirato fuori la foto del nonno. Guardava dritto davanti a sé, in piedi, sorridente. Chissà di che colore era quella divisa. Magari rossa e bianca, come la sua. O forse la sua *ex* divisa. Chissà se gli era mai successa, al nonno, una cosa del genere con la squadra. Dopo il modo in cui si era comportato, anche se avesse preso Undici nel tema, il Mister gli avrebbe fatto toccare un pallone solo per raccattarlo fino a giugno.

Al suo fianco era spuntata Angelica.

– Ora no, per favore.

Non voleva rispondere male anche a lei.

– Ho una foto per te.

– Ma che vuoi che me ne freghi di una foto?

– È la foto che cercavi. Intera però.

A braccio di ferro non c'è niente che riesca a battere la curiosità, nemmeno la rabbia. Angelica gli aveva passato un ritaglio di un giornale. E lì c'era la stessa foto che era scivolata fuori da uno dei taccuini, ma intera. Il nonno era accanto a un suo amico, un compagno di squadra. Indossavano la stessa divisa. Alle loro spalle si vedeva il campo, un campo vero, con spalti e sponsor. Sotto la foto c'era una didascalia.

Le promesse del Santa Croce, Marzio Biagini e Giuliano Mugnai.

Santa Croce. Come gli aveva detto il nonno...

– Angelica, dove l'hai trovata?

– Era in uno dei quadernini, nelle taschine, sai quelle che ci sono in fondo? Dobbiamo farla vedere alla nonna! – aveva risposto lei entusiasta, ma nella testa di Ardito era scattato l'allarme.

La nonna gli aveva spiegato che il nonno il calcio lo guardava, che «ci avrà giocato qualche volta con i suoi amici», e ora quella foto dimostrava l'esatto contrario. Quello era un ritaglio di giornale!

– Aspetta, Angelica, promettimi una cosa.

Lei aveva annuito.

– Di questo non devi dire niente alla nonna.

– Perché?

– Prima devo... Prima devo scoprire due cose, okay? Così poi le facciamo una sorpresa, eh?

– Che sorpresa?

Ma perché i bambini hanno un fiuto infallibile per le bugie?

– Una sorpresa... Se te lo dico, che sorpresa è? Allora, me lo prometti che non le dici nulla?

Angelica aveva promesso.

Il problema delle bugie è che sono contagiose. A forza di raccontarle, si inizia a crederci, a diventarne dipendenti. Ancora una, una soltanto, piccola, innocente... A un certo punto, però, la realtà ci si para davanti, a sbarrare la strada. A quel punto ci sono due strade: o la si affronta, accettando che possa far male, o si risponde con una bugia più grossa. E poi un'altra, e un'altra ancora. E alla fine è un attimo, e non ci si accorge nemmeno di essere diventati dei drogati di bugie.

Alla fine, dopo cena, erano rientrate la nonna e la zia, ma erano rimaste in cucina a farsi una tisana, in silenzio.

Oriana e Ardito le avevano sentite e avevano avuto la stessa idea. Si erano ritrovati dietro alla porta: aspettavano che una delle due li chiamasse per raccontare quello che stava succedendo, ma nessuna lo aveva fatto.

Oriana lo aveva guardato in cagnesco. Era ancora arrabbiata con lui.

– Scusa per prima, sono stato pessimo – gli aveva bisbigliato.

– Sì, parecchio –. Poi gli aveva sorriso. Tutto a posto.

Movimenti dalla cucina, intanto.

– Zitto che forse iniziano.

– Malvina, te lo ricordi quando, in questo periodo, con il babbo preparavate una tazza di latte tiepido e un piattino di biscotti e li mettevate nel camino per Babbo Natale?

La nonna aveva tirato fuori un biscotto dal sacchetto. La zia aveva annuito.

– Vi aveva detto che passava a controllare come si comportavano i bambini... Poi, quando dormivate bene bene, andava al camino e se li mangiava lui.

Anche lei si era mangiata il biscotto.

– Prima di Natale prendeva sempre tre chili, tutti sulla pancia... Un anno, mi ricordo, voi avevate iniziato a lasciarne troppi, di biscotti, e lui allora una sera aveva preso la scala lunga, quella per potare i pini, e l'aveva appoggiata alla finestra. La mattina dopo vi disse che avevate fatto ingrassare così tanto Babbo Natale che non passava più dal camino e aveva dovuto prendere la scala...

– Come?!

La nonna aveva guardato la zia.

– Non era davvero Babbo Natale a mangiarsi i biscotti?

Per un attimo la nonna era rimasta perplessa, prima che la zia le dicesse sottovoce: – Scherzavo, mamma... Ma non lo raccontare a Oriana, secondo me lei sotto sotto ci crede ancora!

Avevano sorriso, entrambe, e, entrambe, avevano posato lo sguardo sulla loro tisana.

Anche Ardito aveva lanciato un'occhiata a Oriana come a dire: "Non-ci-credo-che-ci-credi-ancora", ma lei gli aveva fatto cenno di stare zitto.

– Mamma, a che stai pensando?

– Non lo so a che penso. Sono troppo stanca anche per pensare.

Dopo cinque minuti di silenzio stampa, Ardito e Oriana avevano deciso insieme che potevano tornare a letto. In corridoio, prima di dividersi, Ardito le aveva passato il ritaglio del giornale che aveva trovato Angelica.

– Te l'avevo detto che c'era sotto qualcosa.

– Io vedo solo due ragazzi vestiti da calcio.

– Uno è il nonno, l'altro si chiama Giuliano Mugnai: è il nostro uomo. Mentre tu scrivi la lettera a Babbo Natale, io cerco di capire come rintracciarlo!

– In bocca al lupo!

17 DICEMBRE

IL BIGLIETTO

A scuola Ardito non aveva fatto altro che cercare chi fosse questo Giuliano Mugnai. Una buona scusa per non uscire a ricreazione, visto che non avrebbe nemmeno saputo che cosa dire a Tommaso. O agli altri. La notizia del suo exploit al campo aveva già fatto il giro della scuola. Ora era ufficialmente quello sbroccato. Con il cellulare in mano, aveva evitato ogni contatto umano, e ce l'aveva fatta.

A casa, idem.

Appena si era convinto di aver trovato un po' di materiale interessante era andato da Oriana, che non sembrava molto presa dalla cosa.

– Allora, la squadra in cui giocava lui era l'Atletico Santa Croce.

– Mmm...

– Guarda che era una delle società storiche della valle dell'Arno!

– Capirai!

Le si era avvicinato con il tablet. L'articolo dove Ardito

aveva recuperato le informazioni era de *Il Tirreno* di tre anni prima, un articolo scritto per il centenario della società, ripescato in qualche sito di appassionati di calcio. Fulminati, più che altro.

– E chi è oggi l'allenatore dell'Atletico Santa Croce? Giuliano Mugnai!

Era soddisfattissimo, come se fosse arrivato all'ultimo pezzo di un puzzle.

– Non vorrei smontarti, ma stiamo parlando di Santa Croce sull'Arno, non di Barcellona.

– Ma se era lì che giocava il nonno?

– Sempre Santa Croce rimane.

– Puoi smettere di essere così disfattista?!

– Senti, Ardito, ma che vuoi fare? Andare fin là? E se questo Giuliano Mugnai è un altro? E se la società non è nemmeno la stessa? Pensa al brillante: è su quello che dobbiamo indagare.

– Ascolta: passi che al nonno piacesse il calcio. Passi che ci giocasse, considerando che praticamente chiunque, prima o poi, ha fatto qualche partita con i suoi amici. Ma qui c'è dell'altro, e se non lo scopro io non lo farà nessuno.

Sul tablet le aveva mostrato la ricevuta di un biglietto di un treno regionale.

– Ma sei scemo?! – era esplosa Oriana, poi aveva subito abbassato la voce perché nessuno la sentisse. – E come hai in mente di fare con la nonna? E mia mamma? E se ti beccano?

– Staranno tutto il giorno all'ospedale.

– E se tornassero prima?

– Figurati...

– E se... –. Ma non c'era stato tempo per un altro "e se". Ardito l'aveva interrotta.

– Mi coprirai tu, vero?

18 DICEMBRE

LA PALLA

Il treno era partito dalla stazione alle 8.53. La prof di matematica era già in classe a torturare gli sventurati rimasti senza voto. Ardito invece era sul regionale 893, direzione Santa Croce sull'Arno.

Mentre la piana dell'Arno scorreva veloce sotto i suoi occhi, si era sentito come Indiana Jones. Non era nella giungla, ma verso Empoli. In fondo, per essere un esploratore, non è mica obbligatorio farsi largo tra rampicanti e piante carnivore. Ci sono anche gli esploratori urbani, gli esploratori statici, gli esploratori familiari. Ecco, lui si sentiva un frullato di tutti questi. Un esploratore del quotidiano.

In vita sua Ardito ne aveva visti di club disastrati, ma l'Atletico Santa Croce li batteva tutti. Il cartello sulla strada sembrava indicasse una discarica. L'insegna, che un tempo doveva essere bianca e rossa, adesso era così piena di ruggine, che solo a guardarla si rischiava di prendere il tetano. I cancelli cigolavano come nei film dell'orrore. C'erano due campi: in uno l'erba era completamente assente, nell'altro troppo alta. Gli spalti non avrebbero retto il peso di cinque bambini contemporaneamente.

Soffiava un vento infernale. Il tempo non prometteva niente di buono. In giro non c'era nessuno, a eccezione, sullo spiazzo all'entrata, di un signore con una pancia prominente e un cappellino sbiadito, arancione e beige, che spazzava per terra. Forse un tempo, aveva immaginato Ardito, quel cappello era stato rosso e bianco.

– Buongiorno. Giuliano Mugnai allena ancora qui?

– Per iscriversi ci vuole il permesso dei genitori.

– Io non mi devo iscrivere, devo...

– I tuoi sanno che sei qui?

– No.

– E allora perché sei venuto?

– Ho bisogno di parlare con Giuliano Mugnai.

– Di che hai bisogno?

Forse non sentiva per via del vento.

– Dicevo, ho bisogno di parlare con il signor Mugnai.

– Sono io.

Aveva iniziato a piovigginare. Di lì a poco sarebbe scoppiato un temporale.

– Sono il nipote di Marzio Biagini. Avrei...

– Il Biagini?

– Sì. Avrei bisogno di sapere…

Il Mugnai lo aveva interrotto di nuovo. Aveva scrutato il cielo e, tirandosi su il cappuccio della giacca sopra il cappellino, gli aveva fatto cenno di seguirlo nel prefabbricato davanti a loro. La pioggia ormai scendeva sempre più forte.

All'interno, finalmente, li aveva accolti un po' di caldo. Dopo una rapida radiografia della stanza, Ardito si era soffermato su una bacheca piena di foto ingiallite. Tra le tante foto di squadra, ce n'era una, piccola, nel mezzo, quasi nascosta, di un ragazzo che correva.

Ardito l'aveva riconosciuta subito: anche se la foto era ingiallita, il viola della maglia si distingueva bene.

– Qualcuno di qui ha giocato nella Fiorentina?

Il Mugnai non aveva risposto. Cercava qualcosa nei cassetti.

– Anche io sono della Fiorentina – aveva continuato Ardito, per rompere quel silenzio insopportabile. Aveva preso un pallone da terra e aveva iniziato a palleggiare.

– Chi è quello? – aveva chiesto indicando il ragazzo nella foto.

Finalmente il Mugnai era riemerso dal cassetto con un sigaro in mano.

– Sei troppo piccolo per conoscerlo. Allora? Perché sei qui?

– Il mio nonno giocava qui?

– Ha giocato qui, sì.

Bingo.

– E allora sono qui per conoscere la sua storia.

Silenzio.

– Del mio nonno e del calcio, intendo.

– Perché non la chiedi a lui? È morto?

Era la prima volta che sentiva la parola “morto” riferita al nonno, e ne aveva avuto paura.

– È malato.

Il Mugnai aveva tagliato la testa del sigaro e lo aveva acceso. Alla faccia del fumo passivo che nuoce ai minorenni.

– È all’ospedale.

– Be’, ci finiremo tutti, all’ospedale.

Un vero spasso, questo Mugnai.

– Abbiamo giocato nella stessa squadra per un po’, poi abbiamo smesso. Fine della storia.

– Chi ha smesso prima?

Ardito non avrebbe mollato così facilmente.

– Marzio.

– Perché?

– Con tuo nonno ci parli parecchio, tu, eh?

Calmo, Ardito, calmo. Non doveva farsi prendere dalla rabbia, quella era una cosa importante, doveva muoversi con cautela. Doveva usare le parole giuste. Doveva spiegarsi.

– Provi a mettersi nei miei panni: io l’ho sempre visto

sulla sedia a rotelle, poi un giorno, di botto, scopro che giocava a calcio. E anche io gioco, quindi...

– Come la gran parte della popolazione maschile. No?

Ardito non aveva considerato la provocazione.

– Voglio sapere tutto. È il mio nonno. È anche mia questa storia –. Allora dalla tasca aveva tirato fuori la foto del nonno e del Mugnai, e gliel'aveva mostrata. – Per favore.

A quel punto il Mugnai lo aveva identificato. Non aveva bisogno di domandargli il ruolo. Quel ragazzino era un attaccante, si vedeva. Osservandolo, si era ricordato che cosa volesse dire amarlo, il calcio, al punto da vivere il proprio ruolo anche nel modo di parlare, nei gesti. Si era ricordato di quando avrebbe passato ore a studiare qualsiasi partita, fosse anche Papua Nuova Guinea-Uzbekistan, di quando tutto poteva diventare una palla da inseguire e passarsi.

Alla fine quel bambino non era esattamente come lui, tanti, tanti anni prima? Ardito aveva intuito che si stava aprendo un varco e dalla nonna aveva imparato che tutto ciò che doveva fare era aspettare. Il Mugnai aveva dato un altro tiro al sigaro, e la sua storia, un po' come il fumo, aveva iniziato a uscirgli dalla bocca.

Lui e il nonno si erano conosciuti nel 1965. A quel tempo il Santa Croce era una squadra importante, che si batteva per la serie B. Lui era già nelle giovanili da qualche anno, lavorava sodo, tutti i giorni almeno quattro ore. Marzio invece era arrivato dalla Massese, dove aveva giocato per diversi anni, fino a che non era stato segnalato al Santa Croce.

Era un buon palcoscenico, il Santa Croce, perché spesso gli osservatori della Fiorentina venivano a dare un'occhiata ad allenamenti e partite cercando qualche talento da inserire nelle loro giovanili. Si sapeva che passavano spesso, quindi era un prestigio, per un ragazzino, giocare lì.

Il Mister, all'inizio dell'anno, aveva fatto un discorso a tutti. Il Santa Croce aveva gli occhi puntati, quindi non avrebbe tollerato ritardi o comportamenti indisciplinati. Dovevano stare concentratissimi su ogni azione, in ogni partita: ogni momento poteva essere quello buono per una convocazione. C'è un istante preciso in cui un calciatore si gioca la carriera. Quello era il loro. Dovevano stare attenti a capire quando sarebbe arrivato per ciascuno e a non lasciarselo scappare.

– E il nonno? – lo aveva interrotto Ardito.

– Tuo nonno non era di certo uno che ascoltava la lezione e faceva i compiti. Faceva di testa sua, sempre. Era un indisciplinato, come a scuola, come lo era stato alla Massese, come lo era all'università, dove metteva piede solo per capire quando si tenessero le feste. Mentre io mi allenavo almeno quattro ore al giorno, tutti i giorni, anche quando il tempo era cattivo come adesso, quando nevicava e faceva freddo, o alle 4.30 del mattino d'estate, per evitare l'afa del pomeriggio, il tuo nonno arrivava in ritardo, saltava i giri del campo, a volte anche gli allenamenti. A volte voleva dormire perché aveva fatto tardi, altre c'era di mezzo qualche ragazza. Ce n'era una a Firenze che gli piaceva e per cui ogni tanto si eclissava. Non era di Santa Croce, nessuno l'aveva mai vista.

«Magari era la nonna» aveva pensato Ardito.

E poi, un giorno, gli osservatori erano arrivati davvero.

– E avevano scelto lui? –. Ardito aveva indicato il ragazzo con la maglia della Fiorentina sulla bacheca. Il Mugnai si era fermato, come se rispondere a quella domanda non fosse così semplice. Aveva spento il sigaro, appoggiato le mani sul tavolo e si era tirato su con fatica.

– Gli osservatori erano arrivati e avevano scelto, sì.

– Chi?!

Ardito era sulle spine, ma il Mugnai sembrava non avere nessuna voglia di continuare quella conversazione.

– Che importa? Tanto sono tutti nomi destinati a essere dimenticati.

Era solo l'illusione fugace di un attimo, quella di essere importanti, forti, famosi. Ogni cosa è destinata a finire, prima o poi.

– Dai, ragazzino, ti ho detto quello che sapevo. Ora puoi tornartene a casa tua.

Le gocce di pioggia battevano sulla finestra, ritmiche e pesanti.

– Ma veramente...

Per il Mugnai il discorso era chiuso. Ardito poteva aspettare lì dentro, fino a che non avesse smesso di piovere. Poi era uscito, sotto il diluvio.

Da una parte Ardito avrebbe lasciato perdere, preso un ombrello e sarebbe tornato verso casa. Dall'altra, però, avrebbe voluto rincorrerlo. Con gli adulti era sempre la stessa storia: mai una volta che raccontassero le cose per intero.

Era tornato davanti alla bacheca: facendo attenzione a non rompere la carta, aveva sollevato gli articoli per cercare la didascalia dell'immagine e scoprire come si chiamasse il tipo che avevano preso alla Fiorentina.

Giuliano Mugnai, il nuovo difensore della Fiorentina.

Senza pensarci un attimo, senza infilarsi nemmeno la giacca, Ardito era uscito sotto la pioggia. Il Mugnai era in mezzo al campo, da solo, con un pallone. Ardito lo aveva raggiunto di corsa e gli aveva portato via il pallone dai piedi, cogliendolo di sorpresa.

– È per quello che il nonno ha smesso di giocare?

Il Mugnai si era voltato, come se non fosse troppo sorpreso di vederlo lì.

– Perché alla Fiorentina avevano scelto lei?

Era rimasto immobile, senza reagire.

– Perché non vuole dirmelo?

– Ti stai sbagliando, ragazzino.

– Allora mi racconti come sono andate le cose!

A sorpresa il Mugnai gli aveva rubato a sua volta la palla ed era scattato in avanti. Da uno così fuori forma una mossa del genere non te la saresti aspettata. Lo aveva guardato, sfidandolo. Ardito non se lo era fatto ripetere. Lo aveva raggiunto, uno contro uno, come con Tommaso. Allunghi e scatti, allunghi e scatti. Era la prima volta che giocava, dopo ben ventun giorni. Quanto gli era mancato! Chissenefrega se pioveva, lui, la pioggia, nemmeno la sentiva. Tallonare il Mugnai, non farlo respirare, ma era lui che non aveva tregua. Non se lo scollava dai piedi, sembrava un'ombra. Era incredibile quanto fosse agile, pur essendo così grande e grosso. Alla fine il Mugnai aveva ceduto, ma solo per una questione di fiato. 1 a 0 per Ardito.

– La prima scelta della Fiorentina era stata tuo nonno.

Stop. Tornare indietro. Come sarebbe a dire che avevano scelto il nonno?

– Gli osservatori erano arrivati in un giorno piovoso, all'inizio di novembre. Tutti eravamo in fibrillazione, e Marzio, come al solito, era arrivato in ritardo. Era l'unico ad aver mancato il discorso del Mister, forse nemmeno sapeva che c'erano gli osservatori esterni. Aveva una gran voglia di scherzare. Tutta la squadra era convinta che il Mister non lo avrebbe lasciato giocare. Ci aveva avvertito che non ci dovevano essere ritardi, era stato molto chiaro. Ma Marzio aveva un dono. Riusciva a conquistare chiunque. Persino il Mister, anche se si sforzava di non farlo vedere. Magari ci avevi impiegato anni solo per ricevere una pacca sulle spalle e lui, appena arrivato, naturalmente, li aveva stregati tutti. E non era solo una questione di carattere. Lui non giocava a calcio come noi. Aveva un talento difficile da classificare, sembrava che fosse nato con la palla ai piedi. Non si poteva definire semplicemente un giocatore: era una squadra concentrata in una persona. In campo, gli veniva tutto naturale. C'era poco da fare con uno così... Era un libero. Aveva il numero 6. Eravamo abituati a vederlo giocare bene, ma quel giorno fu indescrivibile. Ci chiedevamo come facesse a correre così, con l'acquazzone che veniva giù. Volava, anche su quel fango. Eravamo tutti impantanati da capo a piedi e Marzio la maglia non se l'era quasi sporcata, come se nemmeno avesse toccato terra. A fine partita gli osservatori della Fiorentina avevano chiamato il Mister: mettersi d'accordo sarebbe stata solo una formalità. Marzio doveva iniziare a giocare per loro.

Stop. Tornare indietro. Sul serio il nonno Marzio doveva iniziare a giocare per la Fiorentina? Il suo nonno?

– E poi?

– Torniamo dentro, o ci prendiamo una bronchite.

– E poi?

Ardito non si muoveva di un passo.

– E poi chiese tre giorni per pensarci e alla fine disse no, grazie.

Come disse no, grazie?

– Nessuno in squadra capì cosa gli fosse passato per il cervello. Era il sogno di tutti essere scelti, anche il suo. Per lo meno così avevamo pensato fino a quel momento. Ci salutò come se ci si rivedesse il giorno dopo, si mise alla guida della sua 500 e disse che aveva altro per la testa. Da allora non lo si vide più. Era il novembre del 1966.

Lo aveva guardato come se quella data significasse qualcosa.

– Sai di cosa sto parlando, no?

Ardito aveva annuito.

– L'alluvione...

– Qualcuno pensò che non fosse più tornato per via di suo zio.

– In che senso? Quale zio?

– Marzio aveva uno zio orafo, che lavorava al Ponte Vecchio. Non s'era mai visto, non veniva mai a vedere le partite. Una volta Marzio mi disse che non era molto contento che perdesse tempo a giocare a calcio...

Ma certo! Lo zio della foto!

– E quindi?

– Quindi io pensai che alla fine Marzio gli avesse dato retta, avesse lasciato il calcio, che di sicuro non era un mestiere che dava garanzie, e avesse preso le redini della sua attività, essendo l'unico parente. Era un'attività avviata, che andava bene, e lasciarla sarebbe stato un peccato. Il calciatore puoi farlo per qualche anno, ma dopo...

– Dopo?
– Dopo niente.
Era rimasto in silenzio.

Perché, perché, perché il nonno aveva smesso? Perché non era andato alla Fiorentina? Ardito non aveva pace. Il nonno aveva voltato le spalle a quello che per lui era il sogno più grande. Non lo era anche per il nonno? Non era possibile, doveva esserci una spiegazione. Era davvero per colpa dello zio orafo? Ma dai, no: il calciatore è un mestiere! Non c'è certo bisogno di averne un altro, se sei un giocatore di serie A! E poi, com'era possibile che la nonna non sapesse nulla? Perché il nonno si era tenuto questo segreto?

Non si era nemmeno accorto del viaggio di ritorno. Aveva preso treno, autobus e la strada delle carote come in trance. Non si era nemmeno accorto di essere arrivato al cancello, ma una volta varcato, qualcosa gli aveva fatto realizzare di colpo di essere tornato a casa.

Zia Malvina lo aspettava in cima alle scale, con le braccia conserte, il viso stanco e tiratissimo, gli occhi rossi e i capelli scarmigliati.

– Ma cosa ti è saltato in mente? Sei fuori di testa? Sono tre ore che ti cerco!

Ardito non aveva niente da rispondere.

– Ho chiamato tutti gli ospedali... Pensavo che ti avessero rapito, che fosse successa una disgrazia!

Era incredibile a che velocità riuscisse a parlare.

– Ho chiamato i tuoi genitori, li hanno dovuti raggiungere con il satellitare, magari hanno già trovato un volo di ritorno!

Ardito era stato investito da un senso di colpa caldo e pesante come quei venti d'estate che tolgono il respiro: la mamma e il babbo sarebbero tornati indietro dal progetto dei loro sogni, e tutto a causa sua.

– Adesso voglio sapere dove sei stato.

Aveva un secondo per decidere se dire la verità o una bugia.

– A giocare con i miei amici.

Lo aveva fissato in silenzio. Si era accesa una sigaretta.

– Ardito, io non so cosa ti sia venuto in mente. Voglio solo che tu ti renda conto che ho passato la notte all'ospedale. Poi torno a casa e, te lo giuro, avevo solo voglia di sdraiarmi un paio d'ore, mi chiamano da scuola e dicono Ardito non c'è. Come non c'è?! Per andare a giocare a calcio, poi. Ma che hai in testa?!

La zia non aveva nemmeno le forze di arrabbiarsi, era distrutta, e questo ad Ardito dispiaceva tantissimo. Ma sapeva di non avere alternative.

– Vai in camera tua. Ne parliamo domani.

Tutti tendono verso la verità, è un istinto naturale,

come quello di conservazione, come la legge di gravità. Crescendo, però, a volte capita di non riuscire a riconoscerla più, la verità. Capita che, prima ancora di parlare, ce ne aspettiamo una determinata versione e se quella che ci viene offerta coincide con quella che avevamo in mente, siamo a posto così. Grazie.

Non pensiamo che potrebbe esserci dell'altro, che il mondo potrebbe sorprenderci. Che potrebbe esistere una verità diversa da quella che ci fa sentire sicuri, protetti. Forse più creativa. Magari più semplice.

In altre parole, perdiamo la fantasia.

La fantasia non è immaginare cose impossibili. È solo accettare che il mondo e le persone che lo abitano possano ancora sorprenderci.

– Indovina? Ovviamente era andato a giocare a calcio con gli amici… con tutto quello che sta succedendo

La zia Malvina era a telefono con Elena.

«Ti prego, ti prego» aveva pensato Ardito. «Fa' che non siano ancora partiti dal Cile.» Un peso in meno sulla coscienza. Chissà che cosa stava pensando la mamma di lui. Chissà che cosa gli avrebbe detto quando sarebbe tornata.

Bip-bip. WhatsApp.

Quando torno facciamo i conti. E non ti basterà un Dadieci…

Le avrebbe spiegato, quando sarebbe tornata. E lei avrebbe capito.

– O forse invece, guarda, ha ragione lui e ha fatto bene... Vorrei tanto sapere come fare a non pensare più a niente anch'io...

Silenzio da questo lato della cornetta. Forse la mamma le stava chiedendo come stava il nonno.

– Oggi giornataccia. Era sveglio, ma agitato. Ha iniziato a inveire contro la mamma, avresti dovuto sentirlo come urlava. Le diceva che aveva rovinato tutto, che aveva rovinato tutto... Gli hanno dovuto dare due calmanti per tenerlo buono. Poi si è messo a dormire, quando sono andata via non si era ancora svegliato... Ma ce le ho ancora in testa quelle urla. Figurati... Dire a lei che gli aveva rovinato la vita... il paradosso... Dai, ora provo a dormire, non ne posso più. Bacio, Ele, ci sentiamo domani.

Ardito era tornato strisciando piano piano in camera sua. Il riscaldamento ormai era spento da almeno un'ora, ma lui si sentiva avvampare dal caldo.

E se fosse stata la nonna ad aver impedito al nonno di giocare?

19 DICEMBRE

IL PENTOLINO

Fisicamente, il sedere sembra fatto apposta per gli sculaccioni. È il posto perfetto dove colpire: alle spalle, per non avere l'imbarazzo di guardarsi in faccia in un momento così intimo. E soffice, per attutire il colpo. Sembra progettato *ad hoc*, il sedere, come dire: se proprio proprio una sberla dovesse scapparvi dalle mani, datela lì, almeno si atterra sul morbido.

Lo schiaffo invece è un'altra questione. Lo schiaffo violenta uno spazio non progettato per l'oltraggio, quello del viso, che di solito è terreno per le cose più dolci, per le carezze, per i baci. Lo schiaffo scrive sul volto di chi lo riceve un chiaro "mi hai deluso", perché rimanga impresso nella memoria. È una sfida alla quale non si può rispondere. È un colpo che non può ammettere repliche. Lo schiaffo è una delle cose più definitive che ci siano in natura.

Appena messo piede in cucina per la colazione, senza nemmeno aver avuto il tempo di rendersene conto, uno schiaffo lo aveva investito. La guancia bruciava, eccome se bruciava. In piedi, sulla porta, la nonna. Stanca, arrabbiata, triste.

– Entra.

Gli aveva chiuso la porta alle spalle.

– Ti pare che in un momento del genere debba anche pensare a te che salti la scuola?

Assenza senza giustificazione, telefonata ai genitori o a chi ne fa le veci.

– Ti pare giusto che debba preoccuparmi anche di questo? Ti pare che non ne abbia già abbastanza di problemi? –. La voce della nonna si stava rompendo. E così la pazienza.

– Per cosa poi, eh? Per andare a giocare a pallone da qualche parte, in un momento del genere, quando il nonno...

Non aveva finito la frase.

– Non sono andato con i miei amici, nonna. Sono andato a Santa Croce.

– Santa Croce?

– Sì, dove giocava il nonno.

– Il nonno?

Non sembrava più una persona, la nonna: era solo eco.

– Perché non mi hai detto che poteva essere un professionista?

– Cosa?

Ardito era un crescendo.

– Sei tu che non glielo hai fatto fare?

– Ardito, non provare a cambiare discorso...

– Perché mi hai detto una bugia? Perché non mi vuoi raccontare questa storia?

– Ma di che parli?

La nonna non capiva più niente.

– Del nonno e del calcio, parlo!

– Avrà giocato con gli amici prima che ci fidanzassimo, te l'ho già detto!

– Non è vero! Giocava nel Santa Croce, lo scelsero per andare alla Fiorentina e lui rifiutò. Poteva essere un calciatore importante! Poteva stare su una figurina! È per questo che all'ospedale ti ha detto che gli hai rovinato la vita! Perché lo hai fatto smettere!

– Cosa?!

La nonna avrebbe voluto ribattere, avrebbe voluto davvero, ma nessuna parola era venuta in sua difesa. L'unica cosa che le era riuscita di fare era girarsi e scomparire in fretta verso la camera.

Gli uomini sono come il latte in un pentolino. Quando bolle, se non si sta attenti, si gonfia, si ingrossa e trabocca subito, sopra i fornelli. Sembra un gran danno, ma basta un panno bagnato per mandare via tutto.

Le donne invece sono come l'olio in una pentola. Anche l'olio bolle, ma invece di tracimare per intero fuori dal tegame, schizza in tante piccole goccioline roventi e può fare molto, molto più male. E per pulire tutto, per dimenticare, ci vuole molto, molto più tempo.

E poi erano andati e tornati da scuola.

E poi in auto nessuno aveva parlato.

E poi in camera era arrivata Oriana. Gli occhi addosso come punti interrogativi. Allora? Cos'era successo col Mugnai?

Ardito aveva voglia di raccontare e allo stesso momento di stare zitto. Più voleva volare via dal suo letto, e più gli sembrava di sprofondarci. Poi aveva deciso di sfogarsi e, senza un filo logico che unisse le parole, aveva vomitato fuori tutto.

Lui non l'avrebbe sciupata un'opportunità del genere, lui non avrebbe mai lasciato che un altro prendesse il suo posto. Aveva rinunciato a giocare nella Fiorentina, si rendeva conto? Aveva deciso di non raggiungere un sogno, quando mancava solo un centimetro. Uno! Per cosa poi? Per un lavoro? Ma anche quello era un lavoro, altro che orafo! La raccontassero a qualcun altro! Era tutta colpa della nonna, ecco perché il nonno all'ospedale l'aveva accusata di avergli rovinato la carriera. E lei non sapeva cosa rispondere, certo, perché era solo colpa sua.

Calma, calma, calma: Oriana aveva cercato di fermarlo. Non capiva niente così.

– Perché la nonna avrebbe dovuto fare una cosa del genere?

– Perché le donne non capiscono quanto sia importante il calcio.

– E se invece per il nonno ci fosse stato qualcosa di *più importante*?

– Per uno che gioca non può esserci nulla di più importante. Non esiste!

Ardito aveva portato avanti il suo contrattacco.

– Perché la nonna non ci ha mai detto che il nonno giocava da professionista?

– Te l'ha detto: non lo sapeva nemmeno lei.

– Non lo sapeva?!

Le aveva messo davanti al naso la foto del nonno e del Mugnai, le promesse del Santa Croce.

– È come se io fossi Rui Costa e tu non lo sapessi!

– Chi è Rui Costa?

Ardito era diventato tutto rosso: stava scherzando, vero?

– Ardito, anche se per te è impensabile, esistono persone che del calcio non sanno nulla.

– Non se ce l'hai in casa!

– Calmati e ascoltami: e se avesse scelto lui, di rinunciare?

– Una volta lei mi ha detto che non avrebbe mai voluto essere la moglie di uno importante!

– Ed è un problema?

– Certo che è un problema!

– Ma perché vuoi darle per forza la colpa?

– Non sono io.

– No? E chi?

Lo sapeva.

– Vado dal nonno.

– Bravo, così ti richiamano da scuola e peggioriamo la situazione. Ora devi rimanere buono qui.

– Ma se non ho niente da fare qui!

– Non avevi da cercare un brillante?

– Chissenefrega del brillante adesso! Questo è più importante.

Davvero lo era? Oriana lo aveva guardato seria. Ardito aveva rincarato la dose. Si doveva pur difendere in qualche modo.

– Il brillante è un'allucinazione. Questo, invece, è reale!

Era la seconda volta che lo diceva. Dunque era vero? Allora la pensava come tutti gli altri. Credeva sul serio che quel brillante perduto fosse solo frutto della malattia?

– Ma gli hai fatto una promessa, Ardito. Questo non conta più?

Forse i cugini servono a questo. Ad aiutarti a ritrovare la strada.

Ci era voluto un po', ma alla fine avevano trovato un accordo. Uno a uno, palla al centro. Lo avrebbe aiutato lei, ma a un patto. Basta colpi di testa, dovevano fare le cose per bene.

E così aveva insistito con la nonna per poter andare a trovare il nonno. Era stata una bella lotta, ma alla fine l'aveva spuntata. Erano rimasti d'accordo che, usciti da scuola il giorno dopo, sarebbero andati insieme all'ospedale. Avrebbero potuto salutare il nonno, non più di dieci minuti, mi raccomando, perché non si doveva agitare.

Dieci minuti sarebbero bastati.

20 DICEMBRE

L'OSPEDALE

Camminando verso il reparto, Ardito osservava la gente per i corridoi. Giovani, vecchi, signori con la cravatta o con l'orecchino, ragazzi tatuati e bambine con i vestitini eleganti: quella marea di persone non sembrava aver nulla in comune, ma se ci si prestava davvero attenzione, c'era qualcosa che li univa. Sulle spalle di tutti gravava un fardello, un fardello invisibile che trasportavano per i corridoi, su e giù dalle scale. Qualcuno era leggero, qualcun altro doveva essere molto pesante. La cosa strana è che, pur essendo tutti nella stessa condizione, nessuno sembrava accorgersi del peso degli altri. Lungo il corridoio Ardito aveva incrociato un signore che piangeva con le mani sugli occhi, in piedi, appoggiato ai maniglioni antipanico di una porta; nessuno gli si era avvicinato, come se la sua sofferenza potesse essere contagiosa.

Geriatria. Solo il nome ricordava una malattia. Mentre attraversavano il corridoio centrale, Ardito aveva buttato un occhio dentro le stanze. I pazienti erano così bianchi che quasi si confondevano con i cuscini, le lenzuola, le pareti. Bianchi in volto, nei capelli, persino negli occhi. L'iride acquosa, la pupilla solo un puntino, un ricordo.

Poi la stanza giusta; in sottofondo solo il *bip* delle macchine.

Gli occhi del nonno erano aperti ma sembrava che non guardassero nulla. Dovevano avergli dato qualche medicina da stendere un dinosauro.

La nonna li aveva accompagnati dentro, ma poi le era venuto da piangere, si vedeva, ed era andata alle macchinette a prendersi un caffè. Ardito, Oriana e Angelica erano rimasti soli nella stanza.

Il nonno Marzio era immobile. Sembrava uno di quei mimi in centro città che possono stare ore e ore senza spostare nemmeno un muscolo, solo che lui era sul letto anziché in una via trafficata. Ardito gli era passato davanti due volte. Non si era mosso. Aveva provato a prendergli una mano, sollevarla e lasciarla andare: niente. Poi aveva iniziato con le boccacce, un grande classico, ma anche quelle non avevano avuto il successo sperato. Passo dell'egiziano, limbo, tacchino, Superman. Ad Angelica era scappato da ridere. Niente, anche dopo tutto quel repertorio il nonno rimaneva immobile. Era davvero un osso duro. O forse dormiva con gli occhi aperti?

– Ci hai fatto prendere uno spavento, nonno...

Respirava male. Ardito gli si era avvicinato per vedere se da quella fessurina tra le ciglia riuscisse a vedere qualcosa, quando d'improvviso il nonno aveva spalancato gli occhi, come se volesse urlargli addosso un gigantesco: "BUUUUU!".

Ardito aveva fatto un salto indietro, Oriana aveva lanciato un urlo. Angelica aveva riso di gusto. Anche il nonno aveva abbozzato un sorriso. Non aveva abbastanza energia per ridere proprio fino in fondo: il tubo infilato nella gola gli rubava le forze.

– Che scherzo stupido! – gli aveva detto Ardito, ma sotto sotto veniva da ridere anche a lui.

Il nonno aveva chiuso di nuovo gli occhi. Doveva essere molto stanco.

A turno gli avevano raccontato qualcosa. Angelica dei suoi lavoretti a scuola per il Natale, del presepe, dell'albero storto che aveva fatto con la nonna. Oriana gli si era seduta vicino, sul letto, accarezzandogli la testa. Ardito avrebbe voluto prendergli la mano, ma si era vergognato. Avrebbe tanto voluto confessargli quello che aveva fatto alla partita con i Galli di Greve, perché il nonno l'avrebbe capito. Aveva tradito la propria squadra: praticamente un peccato mortale. Chissà se al nonno era mai successo. Avrebbe voluto. Poi, però, non gli era sembrato il momento.

La nonna, intanto, era rientrata. Aveva messo una mano sulla fronte del nonno, una specie di carezza primordiale, e poi aveva richiamato tutti ai patti: – Avevamo detto dieci minuti. Il nonno deve riposare. Andiamo, ragazzi, forza.

Appena arrivati alla macchina, nel parcheggio, Ardito era entrato in scena.

– No! Mi sono dimenticato lo zaino su dal nonno.

– Non importa, lo prendo io stasera quando torno...

Sapeva che la nonna avrebbe risposto così e si era preparato a controbattere.

– No, ne ho bisogno ora: ho dentro i compiti...

Peccato che il giorno dopo era sabato e la scuola era chiusa. Ma la nonna non se lo ricordava.

– Vai, ma fai veloce. Ti ricordi dov'è la stanza?

– Lo accompagno io, nonna.

Oriana era scattata al suo fianco.

In un attimo avevano raggiunto la stanza bianca e Ardito era andato dritto al punto.

– Nonno, ieri sono andato all'Atletico Santa Croce. Ho incontrato Mugnai. Vedessi che pancia, nonno, in confronto tu stai alla grande.

Nessuna reazione.

– Mi ha raccontato della vostra squadra, degli osservatori. Mi ha detto della Fiorentina... Nonno, perché non sei entrato nella Fiorentina?

Oriana seguiva la conversazione in disparte.

– Sì, ma come fa a risponderti con quel tubo in gola? – aveva sussurrato.

Giusto.

– Nonno, basta che con la testa mi fai sì o no: era per il lavoro, per tuo zio? Perché non era contento che giocassi?

Il nonno aveva scosso la testa, aiutandosi con le mani, come poteva, come se ci fosse dell'altro. Lo sapeva: non poteva essere per quello.

– Allora era per la nonna?

Il nonno l'aveva guardato fisso negli occhi.

– È stata colpa sua?

– Ardito... non mettergli in bocca quello che pensi tu!

Ma Ardito andava avanti per la sua strada.

– Non voleva che tu giocassi, vero?

Il nonno aveva provato a dire qualcosa, ma non riusciva a parlare.

– C'entra qualcosa il brillante? Quello che hai perso? –. Era stata Oriana a chiederlo.

Il nonno aveva fatto di sì con la testa.

– No, nonno, dai, parliamo di cose serie: potevi andare a giocare nella Fiorentina! Il brillante è un'allucinazione!

Aveva tirato fuori anche il ritaglio di giornale. I *bip* della macchina si erano fatti più frequenti, il nonno più agitato.

– Okay, basta con l'interrogatorio, Ardito –. Oriana aveva aiutato il nonno a mettersi comodo e a tranquillizzarsi. – Lo finiamo un'altra volta questo discorso...

Mentre scendevano le scale verso il parcheggio, Ardito si era accorto che anche lui aveva iniziato a portare un fardello sulle spalle. Era la paura che pesava. Avrebbe voluto sentire dalla voce del nonno la sua versione, conoscere da lui il perché.

Okay, forse lo avrebbero finito un'altra volta quel discorso. E se invece non ci fosse stata un'altra volta?

Tornati dall'ospedale, erano rimasti per un'ora incollati alla televisione senza dire nemmeno una parola, rapiti da un programma assurdo. C'era un bambino su un tavolo di cristallo e il presentatore gli chiedeva di fare uno scarabocchio su un foglio. Uno scarabocchio di quelli che nemmeno se ti impegni puoi trovarci un senso. Una serie casuale di linee e curve, senza un ordine.

Appena terminato, avevano portato il foglio a un pittore, un artista, uno di quelli veri, che lo fanno di mestiere. Glielo avevano consegnato dicendo: – Hai tre minuti di tempo per trasformare lo scarabocchio in un disegno con un senso.

Tre minuti. In tre minuti quelle righe a caso, quei punti, quei tondi, erano andati tutti a posto, in ordine, come quando mago Merlino fa le valigie con la bacchetta magica. Solo che il pittore non aveva usato formule magiche. Tutte quelle linee che sembravano così casuali, di colpo avevano acquistato un senso.

Dopo il primo scarabocchio del primo bambino, era stato il turno di un secondo scarabocchio di un secondo bambino e poi un altro, e un altro ancora. E il pittore aveva sempre convertito tutto in un disegno. Ogni volta diverso. Ogni volta bellissimo.

Ardito si era fermato davanti al presepe. «Ecco,» aveva pensato «se esistesse, il mestiere di Dio dovrebbe essere come quello del pittore.» E gli era venuto anche da chiedergli una cosa. Forse è vero che uno ci inizia a parlare quando è proprio disperato.

Anche lui aveva un bello scarabocchio davanti, per quello che aveva fatto alla partita con i Galli di Greve, perché non riusciva a non avercela da morire con la nonna, per il brillante, la promessa, per le bugie. Poteva, da tutto questo, tirare fuori un capolavoro?

21 DICEMBRE

PALLONCINI

– Che c'è? Non siete contenti?

– Lo riportiamo a casa per morire? – aveva chiesto Ardito tra un morso di pollo e uno di patatina. Oriana gli aveva tirato una gomitata.

– Lo riportiamo a casa perché si è stabilizzato.

– Ieri aveva un tubo in gola, non parlava, ci hai detto dieci-minuti-massimo-che-il-nonno-non-si-deve-stancare, non riusciva nemmeno a tenere gli occhi aperti: come fa oggi a essere stabile?

– Ne sapranno più i dottori di te, o no?

La nonna e la zia Malvina, a tavola, avevano annunciato che il giorno dopo avrebbero riportato il nonno a casa, ma la notizia aveva anche sollevato più polemiche del previsto. Non era contemplato che uno dei "bambini" facesse osservazioni in materia: le malattie non erano affare che li riguardasse. Mai una volta in cui qualcuno avesse parlato a lui, Oriana o Angelica di quello che aveva il nonno, dei miglioramenti, dei peggioramenti, di quello che si sarebbero dovuti aspettare, magari anche della morte.

Buio, zero, silenzio stampa. Per loro era stato costruito un rifugio dove il dolore non poteva entrare. I grandi pensavano così di tenerli al sicuro, di proteggerli, ma in verità stavano ottenendo l'esatto contrario. Quell'universo parallelo era tutta un'invenzione, e prima o poi sarebbe entrato in rotta di collisione con il mondo reale. A quel punto il dolore li avrebbe travolti e avrebbe fatto molto più male della verità affrontata piano piano, un passo alla volta.

Ardito si era tirato su il cappuccio della felpa, rintanandosi nella sua sedia. Erano dei ragazzini, mica degli stupidi.

I grandi non dovrebbero nascondere la verità, ma solo imparare a dirla, e magari insegnare come affrontarla.

– Vuoi aiutarmi a organizzare una festa per il nonno?

Era la quinta volta che Angelica chiedeva a Oriana e Ardito di darle una mano per il ritorno a casa del nonno. Ma cosa c'era di difficile da capire nella parola NO?

Alla fine a cedere era stata Oriana.

– Cos'hai in mente?

– Niente da mangiare, tanto il nonno non può.

– Bene, e quindi?

– Potremmo mettere una canzone appena entra in casa.

– Che canzone?

– Dobbiamo cercare tra i dischi della mansarda!

Quanto tempo perdevano a ragionare di cose inutili, pensava Ardito.

– Brava, vai – gli era uscito, ma Angelica non aveva mollato.

– E appena entra in casa la facciamo partire, così la sente forte!

– Mi sembra una bellissima idea! Hai già scelto quale canzone?

– No, perché non mi riesce di capire come funziona quel coso su.

– Allora intanto andiamo a sentirli e cerchiamo il disco giusto.

– Ardito, vieni con noi?

– Mi piacerebbe tantissimo, ma ho da fare.

– Che hai da fare?!

– Guardare il soffitto, per esempio?

Oriana aveva sbuffato: era una causa persa.

Aveva spedito Angelica in mansarda e, prima di seguirla, si era fermata da Ardito.

– Ascoltami, pensi che poter dare la colpa a qualcuno ti farà stare parecchio meglio?

– Sì.

– Come vuoi. A me sembra che tu ci stia quasi prendendo

gusto a cercare di rovinare tutto. Chissenefrega se è stata o non è stata la nonna a impedirgli di giocare. Chissenefrega a questo punto. Vuoi continuare a ritirare fuori l'argomento? Vuoi che se ne ricordino tutti e due, *ora*? Se tu provassi a dare una mano, invece di perdere tempo a dimostrare a tutti i costi il film che ti sei fatto in testa...

Ardito non la guardava nemmeno in faccia.

– Io voglio solo la verità.

– Tu vuoi la verità che fa comodo a te.

Non aveva niente da risponderle.

Per la mezz'ora successiva, dal salotto Ardito aveva sentito benissimo le prove per le canzoni. Due parole, stop, no, dai, questa è triste, questa è troppo allegra, questa è davvero una palla. Roba mielosa che parlava di amore, di gente che si lasciava, di sabbia, di lontananza. Poi a un certo punto erano partiti tutti insieme un sacco di violini. L'orchestra sembrava suonasse una ninna nanna apposta per lui, una ninna nanna che in un attimo lo aveva portato altrove, oltre il soffitto, tra alberi infiniti.

22 DICEMBRE

IL SOFFITTO VIOLA

Il piano era il seguente: appena la nonna e il nonno fossero arrivati con la macchina, Sergio e Ardito sarebbero scesi per aiutare con la carrozzina, mentre Angelica e Oriana, dalla mansarda, avrebbero acceso il disco. Avrebbero alzato il volume al massimo, così il nonno sarebbe entrato con la musica. Avrebbero anche lanciato qualche palloncino. Angelica aveva fatto mille prove per calcolare tutto.

Capire quando la nonna stava per arrivare era semplicissimo, perché nelle ultime curve prima di casa si attaccava sempre al clacson.

Eccola.

Pronti, attenti, musica!

Ardito non aveva partecipato alla sorpresa per il nonno, aveva giurato a se stesso che avrebbe portato su la carrozzina e sarebbe volato in camera sua, eppure, appena la musica era partita, era rimasto senza parole.

Quella storia della stanza che non aveva più pareti gli

piaceva di brutto, ecco qual era la verità. Non lo avrebbe mai ammesso a nessuno, ma provava la stessa sensazione quando correva verso la porta avversaria, in campo, con la palla tra i piedi: gli sembrava che non ci fossero più pareti, contorni, e a volte (quando correva proprio veloce) gli sembrava che stesse per scomparire anche il campo. Forse anche al nonno succedeva la stessa cosa. E magari aveva regalato alla nonna il 45 giri con quella canzone così almeno lei lo poteva capire. O magari perché parlava di un soffitto viola. Viola, come la Fiorentina.

La nonna, alle prime note, era stata colta di sorpresa e si era fermata all'ingresso. Aveva iniziato a ripetere: – Ma chi l'ha messa? Chi l'ha messa? –, poi era rimasta ferma ad ascoltare. Dalla sua carrozzina il nonno le aveva preso la mano. Avevano chiuso gli occhi, muovendo entrambi la testa quasi impercettibilmente. Ci voleva un po' di immaginazione, ma era come se stessero ballando, come se non esistesse più niente, più niente al mondo, a parte loro, lei in piedi, lui in carrozzina, e una flebo nel mezzo.

La nonna gli aveva dato anche un bacio veloce, ma pur sempre un bacio.

Chissà come è possibile ritrovarsi nell'immensità del cielo, quando poco prima eri in una stanza di ospedale. Difficile dirlo, ma dalle loro facce probabilmente ci erano riusciti. Non sorridevano nemmeno più. Brillavano e basta.

– È stato bello. Vero?

Ardito aveva fatto spallucce, ma Oriana non aveva mollato.

– Hai visto che il nonno le ha preso la mano?

– Non ci ho fatto caso...

– Figurati, ti ho visto che li guardavi... Hai visto come era contento?

– Mah, normale...

– Non è vero, e lo sai anche tu. Posso chiederti una cosa?

– No.

– Puoi provare solo per un'ora a immaginare che sia stata una scelta del nonno dire di no alla Fiorentina?

Il soffitto viola... Oriana intendeva forse che la Fiorentina non esisteva più per il nonno, quando la nonna era vicino a lui?

– ...e che davvero la nonna non sappia nulla di questa storia? Solo per un'ora. Poi mi dici come va.

Forse aveva ragione lei.

Ma avere qualcuno a cui dare la colpa rende sempre tutto un po' più semplice.

– Sei sveglio?

– Sì.

La nonna si era tuffata nel buio della camera di Ardito, raggiungendolo vicino al letto.

– Volevo ringraziarti per oggi...

– Per cosa, scusa?

– L'accoglienza al nonno. La canzone e tutto il resto.

– No, no, no, nonna, guarda che ha fatto tutto Angelica, io non c'entro nulla...

Lei gli aveva sorriso, se n'era accorto anche nel buio, e gli aveva arruffato i capelli.

– Me lo aveva detto che avresti cercato in tutti i modi di tirartene fuori!

Ma cosa le aveva raccontato Angelica?

– Quel disco fu uno dei primi regali che mi fece il nonno... Pensa che quando voleva chiedermi scusa o se avevamo litigato, invece di venire a parlarmi, mi comprava un regalo.

Accidenti. Lui, quando litigava con la mamma, doveva chiederle scusa, sparecchiare e andare a buttare la spazzatura. Altro che regalo!

– E avevate litigato quando ti ha regalato quel disco?

– Non me lo ricordo...

– Forse era perché non volevi che giocasse nella Fiorentina...

La nonna non aveva raccolto la sua provocazione.

– Ardito, sei davvero andato a Santa Croce?

– Sì.

– Ci credi se ti dico che non sapevo che il nonno giocasse in una squadra vera?

– No, non ci credo.

– Eppure è così...

Lui le aveva fatto vedere il ritaglio di giornale del nonno e del Mugnai.

Lei se lo era studiato per bene, con attenzione, in silenzio.

– Hai visto com'era bello?

Bello? No, lui non ci aveva proprio pensato a vedere come fosse bello il nonno. E poi era un uomo, mica ci faceva caso a queste cose, lui.

– Mi è piaciuto subito, la prima volta che l'ho visto. Frequentavamo un corso di inglese a Firenze, io per l'università, lui perché c'erano tante ragazze straniere. Tutte le volte che uscivamo ne fermava una; per far pratica con l'inglese, diceva lui. Si vedeva che era abituato ad avere tutte le ragazze ai suoi piedi e non riusciva a mandare giù che non lo considerassi. Mi aveva chiesto di uscire diverse volte, ma gli avevo detto sempre di no. Avevo paura di diventare una delle tante... Non so se si fosse impuntato o se avesse capito che mi metteva a disagio, fatto sta che avevo iniziato a ritrovarmelo dappertutto. A inglese, in biblioteca, nei chiostri dell'università. Una volta mi seguì anche dentro; corsi a lezione di letteratura francese, la più pesante del semestre, senza nemmeno guardarlo. Volevo capire fin dove volesse arrivare. E lui non solo entrò in aula, ma ci rimase pure. Si mise a sedere e iniziò a prendere appunti. Figurati che si addormentò sul banco, verso la fine della lezione. Aveva ragione: letteratura francese era una noia mortale. Il professore lo buttò fuori dell'aula davanti a tutti.

La nonna aveva sorriso.

– Quella fu la prima volta che risi di qualcosa che aveva fatto e lui ovviamente colse la palla al balzo. Mi chiese se poteva accompagnarmi fino a casa. «Non si può dire di no a qualcuno che ti fa ridere...» mi disse. Io abitavo proprio dietro alla sede del corso, ma gli feci fare un giro di un'ora e un quarto prima di fermarmi davanti al portone. Tanto lui non era di Firenze, le strade non le conosceva... Poi s'iniziò a uscire insieme. In casa mia, la mamma, il babbo, i miei fratelli avevano capito che c'era qualcuno, ma io non sapevo mai cosa rispondere alle loro domande, perché io per prima non sapevo se potevo presentarlo o no. Avevo capito che dietro la maschera del galletto c'era altro, ma da lì a capire se aveva intenzioni serie... Sei mai stato sull'Erta Canina?

Che c'entrava l'Erta Canina con le intenzioni serie? Ardito aveva scosso la testa.

– È bellissima. Mi è sempre piaciuto camminarci, e ogni tanto ci portavo anche il nonno. Mi piaceva fantasticare su chi abitasse in quella via, in quelle case bellissime. Una volta, fu lui a indicarmi una villa e dirmi che ci abitava un giocatore della Fiorentina. Disse che se fosse diventato uno importante, l'avrebbe comprata anche lui una casa lì. Avremmo potuto avere una domestica, una macchina veloce, tutti i regali che volevo, andare ogni sera a cena fuori. «E che ce ne facciamo della domestica se andiamo sempre a cena fuori?» gli chiesi. «Per i pranzi» mi rispose. Aveva sempre la risposta pronta, lui, e io non capivo nemmeno che cosa mi stesse chiedendo. Non capivo se fosse la proposta di matrimonio più strana che avessi mai sentito o semplicemente un discorso come tanti, giusto per chiacchierare. Comunque no, gli risposi, quella non sarebbe stata proprio la vita per me. Arrossivo solo se qualcuno mi rivolgeva la parola, ti immagini se fossi stata la fidanzata di uno importante? C'era anche il mio babbo che non stava bene e non avrei mai voluto fare una vita che mi portasse lontano dai miei, dalla mia famiglia. Allora il nonno si fermò, mi guardò negli occhi, serio: ogni ragazza sogna di sposare qualcuno importante, e io no?

– E tu cosa gli hai risposto?

– Che sognavo una vita normale. Mica tutti fanno gli stessi sogni, non credi?

«No, forse no» aveva pensato Ardito. «Forse le cose normali le sognano solo le persone speciali.»

– E poi?

– E poi mi sorrise e aprì l'ombrello.

– Come fai a ricordati dell'ombrello?!

– Me lo ricordo perché era proprio inizio inizio novembre. Ancora non lo sapevamo, ma stava iniziando l'alluvione. Io rimasi bloccata in casa; stavo in centro, in piazza della Repubblica. Il telefono era saltato, come la luce, il gas, tutto. Non ci si poteva muovere, era come se

Firenze fosse una piscina di fango a cielo aperto. Ero già fortunata a stare al quarto piano, dove l'acqua non era arrivata. Quelli del piano terra persero tutto, tutto. Non sentivo Marzio da giorni, non sapevo che fine avesse fatto, dove fosse. Avevo anche paura che gli fosse successo qualcosa. Le linee telefoniche erano state interrotte e anche la posta non andava più. Non che avrebbe fatto una gran differenza: scrivere non era di certo il suo. Poi finalmente la pioggia si fece più debole: piazza della Repubblica era una palude, mancavano solo i coccodrilli. Mi ricordo che avevo degli stivali di gomma bianchi. Bianchi, capito? Mi viene ancora da ridere se ci ripenso... Poi mi sento chiamare, fuori dalla finestra. Mi affaccio e vedo Marzio, completamente pieno di fango dalla cintura in giù. Mi chiede a che piano sto e in... quanto? Un minuto?, me lo ritrovo davanti alla porta di casa, anzi lui si ritrova davanti al mio babbo, che anche se non stava bene, aveva sentito la voce di un ragazzo ed era andato ad aprire, non capendo bene con chi stessi parlando dalla finestra. Marzio mi guarda e mi sorride. Poi guarda il mio babbo, non gli viene nemmeno in mente di presentarsi, di dire come si chiama e, così, sulla soglia, gli chiede se può sposarmi. Una volta finito di piovere, ovviamente.

La nonna aveva raccontato tutto d'un fiato.

E poi aveva fatto una lunga pausa, tornando a guardare il ritaglio del nonno.

– Certo che era proprio bello vestito da calcio così... no? Posso tenerla?

Le barriere che Ardito aveva alzato negli ultimi giorni erano crollate tutte insieme.

Sì, certo che poteva.

– Buonanotte.

– Notte, nonna.

23 DICEMBRE

LA LETTERA

– Sai che all'ultima partita la mia squadra ha vinto?

Appena sveglio, senza nemmeno fare colazione, senza nemmeno togliersi il pigiama, Ardito era andato dal nonno. La nonna insieme alla zia avevano spostato il letto in modo che anche da sdraiato riuscisse a vedere bene fuori dalla finestra e che accanto a lui ci fosse spazio per la flebo e per la poltrona dove dormiva la nonna. Sul comodino c'erano solo medicine, cotone, alcol. Anche il profumo della stanza sembrava diverso.

– Sono andato a vederli. Sono stati davvero bravi.

Il nonno lo osservava. Con lo sguardo sembrava che dicesse: "Sì, ti prego, resta qui e raccontami tutto quello che c'è in quel campo, oltre questa finestra, oltre questi alberi, oltre questo letto. E se non hai voglia, basta che tu stia qui zitto zitto".

Gli aveva chiesto: – E tu?

– Io? Li ho offesi tutti. Anche Tommaso.

– Capita...

– Capita?! A te è mai capitato?

Dallo sguardo sembrava proprio di sì.

– È che quando mi arrabbio dico un sacco di cose che non penso.

– Anche io, Ardito...

– E poi volevo chiedere scusa, ma non ci riuscivo, ero solo arrabbiato... Io lo so che se potessi giocare con loro, con Tommaso, io lo so, sarebbe tutto risolto. Correrei con lui e invece di andare avanti e fare tutto da solo, come fa sempre lui, gli servirei un assist, gli farei un cross perfetto...

Il nonno gli aveva fatto cenno di sì, o forse aveva abbozzato un colpo di testa per deviare quel cross.

– Ma è vero che la nonna non lo sapeva che giocavi?!

Ancora sì con la testa.

Poi gli aveva chiesto di avvicinarsi, per sussurrargli: – In mansarda... sotto il divano.

– Cosa?

– Cerca...

– Cosa devo cercare?

– Una cosa che cade.

– Una cosa che cade?

Sì con la testa, ancora.

«A posto» aveva pensato Ardito. Non bastava la storia del brillante. Ora anche le cose che cadevano sotto il divano. Il nonno sragionava, era chiaro.

Però gli aveva piantato gli occhi addosso, occhi che gli dicevano: "Avanti!". E quindi era andato avanti.

Disteso sul tappeto con un braccio che tastava sotto il divano, Ardito si sporgeva il più possibile. Oriana era accanto a lui.

– Ma sei proprio sicuro? Ti ha detto una roba che cade?

– Sì... Prova anche te, aiutami!

Si era distesa anche lei e in due avevano iniziato a scandagliare la parte inferiore del divano, senza avere idea di che cosa stessero cercando.

– Aspetta-aspetta-aspetta! Qui!

Oriana aveva trovato qualcosa di rigido, legato con delle cinghie sotto il divano. Si era avvicinata ancora di più con il corpo. Ancora un pochino, ancora un pochino.

– C'è una specie di nastro qui!

– Prendilo!

Sbam! L'oggetto era caduto a terra compatto, come una pera acerba. Lo avevano poi estratto da sotto il divano.

Era un album, di quelli in cui si tengono le fotografie dei matrimoni. Che cosa ci faceva un album legato sotto il divano?

– Il brillante?

Lo avevano detto insieme. Ardito lo stava già aprendo, ma Oriana l'aveva fermato mettendoci una mano sopra.

– Portiamolo al nonno prima, no? Alla fine è roba sua... Non so se dovremmo...

Si erano guardati, incerti. No, vabbe', prima conveniva dare un'occhiatina.

Aprendolo, era volato fuori un vecchio ritaglio di

giornale, sottolineato con una matita rossa, come se si fosse stancato di stare chiuso là dentro.

L'incontro è diventato spettacolare grazie al giovanissimo calciatore e nostro concittadino Marzio Biagini. Indubbiamente si tratta di un giocatore di rilevanti qualità, un ragazzo fin troppo modesto che (ci piace per questo) non si atteggia a divo e una volta in campo non lesina energie battagliando (con non comune discernimento tattico e saggia distribuzione delle forze) per tutti i 90 minuti. Biagini è atteso alla prova con vivo interesse dai suoi concittadini...

Un giornale vero con un articolo vero dedicato al nonno. Interamente al nonno. Oriana era rimasta a bocca aperta. Avevano aperto l'album ed era pieno di ritagli come quello.

Fortunatamente a deviare il bolide è sempre un instancabile Biagini che mette ancora in salvo la sua squadra...

Un altro articolo.

«Ho tenuto costantemente il centrocampo come da disposizioni del Mister. Ho girato a lungo e forse anche a vuoto. Sentivo troppo la partita e non sempre si fa bene quando l'ansia del risultato ci pervade. Ho dato tutto il fiato che avevo. Di più non potevo fare.» Un'intervista esclusiva con Marzio Biagini.

Ad Ardito tremavano le gambe. In quell'album c'erano foto e ritagli di giornale che parlavano del nonno che giocava a calcio. Il nonno, in quell'attimo in cui stava per diventare un calciatore importante, quell'attimo che Ardito sognava così intensamente. Il nonno in squadra, il nonno da solo, in piedi in mezzo al campo, con le gambe un po' divaricate e le braccia incrociate, nella stessa posa che assumeva sempre anche lui. Impetuoso, tumultuoso, ruspante, travolgente, gagliardo. Metà degli aggettivi che avevano impiegato per descrivere le sue azioni, Ardito non li aveva mai utilizzati una volta in vita sua, ma di sicuro il maestro Raimondo, se li avesse sentiti, sarebbe stato contentissimo.

L'ardito Marzio...

Ardito...

Avevano portato l'album al nonno come si trasporta un vassoio, delicati e attenti come se a ogni passo il contenuto si potesse rovesciare. Appena aveva riconosciuto il suo album, il nonno aveva sorriso. Doveva essere da tanto tempo che non si incontravano. Glielo avevano messo davanti e l'avevano bombardato di domande.

– Nonno, tutta questa roba parla di te...

– Eri famoso!

– È stato nascosto là tutto questo tempo?

– E la nonna non l'ha mai visto?

Il nonno aveva scosso la testa.

Poi era andato diretto all'ultima pagina. C'era una lettera ripiegata. Dentro, una data: 10 novembre 1966.

10 novembre 1966

Cara Emma,

oggi è il tuo compleanno, ma mi sa proprio che non si riuscirà a festeggiare insieme.

So che è tanto che non mi senti. È che nelle ultime settimane sono successe diverse cose, e non parlo solo dell'alluvione. So anche che ti sarai preoccupata, per questo ti scrivo. Lo sai che mi piace poco scrivere, e che mi riesce ancora meno, ma stavolta ci provo.

Quando ho sentito che cosa stava succedendo a Firenze, ho avuto paura per te e per lo zio. Per te stavo un po' più tranquillo, almeno sei con la tua famiglia, ma lui? È da solo, avevo paura che fosse rimasto intrappolato sul Ponte Vecchio per andare in laboratorio a prendere le sue pietre... I telefoni non funzionavano più, non sapevo a chi chiedere, allora sono partito in macchina e ho guidato per le campagne. Intorno era tutto acqua, sembrava di stare in un mare di fango. Non so come ho fatto ad arrivare al piazzale Michelangelo. Lì, per raggiungere casa sua, ho dovuto chiedere un passaggio a uno col gommone.

Alla fine ho trovato lo zio appollaiato al primo piano, perché l'acqua aveva già inondato il piano terra. Avevo il fango dentro le mutande, nei calzini, avevo anche perso una scarpa, ma non puoi capire quanto sono stato contento quando l'ho visto vivo. La prima domanda che m'ha fatto è stata: «Che son tutti in piedi i ponti?».

Non aveva il cuore di chiedermi se il Ponte Vecchio fosse crollato. Per fortuna era ancora su. Non l'avevano buttato giù i tedeschi durante la guerra, ci mancava che sprofondasse per un'alluvione.

Alla fine sono rimasto qui a Firenze con lui e stiamo alloggiando in una pensione. È riuscito a portare via tutte le pietre più belle dal laboratorio e mi sta insegnando a guardarle. È la prima volta che mi permette di toccarle e di esaminarle con lui con la lente. Sono bellissime. I brillanti soprattutto. Ognuno ha le sue imperfezioni, i suoi dettagli, il suo colore... come una persona. Quando ci vedremo te lo racconterò.

Già... quando ci vedremo?

Mi fa un po' strano guardare brillanti tutto il giorno, quando il mio brillante più prezioso è qui, a dieci minuti di strada da me, ma irraggiungibile.

Ho provato a venire in centro tante volte in questi giorni, ma i carabinieri non mi fanno passare. Appena riesco a trovare un modo senza che mi fermino, stai sicura che il primo posto dove vengo è casa tua. C'è una cosa che devo chiedere al tuo babbo.

Prima che venisse giù il mondo, non mi hai sentito da qualche giorno perché ho dovuto sistemare un po' di questioni qui a Santa Croce. Per non farla tanto lunga, mi avevano offerto di andare a giocare a calcio in una squadra importante. Ma ho scelto di dire di no. Sai perché?

Mi sono ricordato quando eravamo insieme sull'Erta Canina, te lo ricordi? Mi dicesti che non tutti fanno gli stessi sogni. Che c'è chi sogna vite importanti, e chi vite normali. Lì per lì non avevo capito cosa intendessi. Scusa, sai, ma mi era sembrata una stupidaggine. Invece mi sono reso conto che avevi ragione tu. Sarà stata tutta quest'acqua a farmi ragionare, chissà.

Comunque ho scelto di venire a Firenze, e a Firenze ci voglio restare.

Io sono pronto, a sposarci dico, e per me si può fare anche domani. O magari aspettiamo di essere un pochino più all'asciutto.

Tuo, M.

PS: Non ti preoccupare, la dichiarazione ufficiale te la faccio anche di persona.

Oriana aveva letto ad alta voce, tutto d'un fiato.

– Non gliel'hai mai data?

Il nonno aveva fatto cenno di no.

– Perché no?

– Perché... perché...

Si vedeva che parlare era proprio dura, come se avesse finito le batterie.

– Dillo piano piano, nonno, ti aiuto io.

– Perché... si sarebbe sentita... in colpa.

L'aveva sussurrato, ma Oriana aveva capito.

– Non volevi che si sentisse in colpa?

No, non era possibile. Ardito non capiva.

– Ma il brillante...

Oriana gli aveva messo una mano sul braccio. Aspetta.

Ma lui non aveva aspettato.

– E all'ospedale, quando le hai urlato che ti aveva rovinato la vita?

– Quando mi arrabbio... dico cose che non penso...

Il nonno gli aveva strizzato l'occhio.

Colpito.

– Dimmi solo una cosa, nonno. Lo rifaresti?

– Rifarei tutto.

– Anche rinunciare alla Fiorentina?

– Anche.

La lettera ancora in mano.

– Posso dargliela?

– Ardito, non so se è una buona idea... Se il nonno non voleva...

– Se il nonno non voleva, non mi avrebbe mandato a cercarla. Vero?

Il Mister dice sempre che un vero giocatore si riconosce non solo dal gioco, ma anche dalla capacità di capire, in ogni momento, in quale parte di campo è meglio posizionarsi.

Ardito non aveva mai pensato che questo poteva voler dire anche decidere di uscirci, dal campo. Di non volersi consegnare alla storia come un giocatore importante. Un conto sarebbe stato non riuscirci, non avere abbastanza talento, ma qui era un altro paio di maniche.

Ardito non aveva mai pensato che si potesse rinunciare al calcio. E se non avesse deciso di fare il tema sul nonno Marzio, se non fosse andato sul Ponte Vecchio, se non ci avesse giocato a pallone in giardino, se non fosse stato lì quando si era sentito male, se non avesse scoperto l'album, se non avesse preso il treno per Santa Croce, se la sua storia non lo avesse appassionato e non gli avesse insegnato ad andare oltre i propri limiti, non l'avrebbe mai saputo.

La storia tra il nonno e la nonna, allora, sarebbe stata solo una storia come tante di due che ormai sono nonni e forse nemmeno si sopportano più, ma sono troppo stanchi per mandare tutto al diavolo. E il brillante sarebbe stato soltanto il protagonista di un'allucinazione.

Invece adesso sapeva che esisteva e che il nonno non l'aveva perso. Si era solo dimenticato quale fosse, il brillante, come forse la nonna si era dimenticata chi fosse davvero il nonno, chi fosse davvero l'uomo nascosto dietro la malattia. Le sofferenze, la fatica, le incombenze quotidiane li avevano resi così stanchi da non ricordarsi più la loro storia. Ma quella storia c'era. E una volta che uno conosce una storia così, l'ultima cosa che deve fare è stare zitto.

Non esistono storie che nascono speciali.

Le storie, speciali, lo diventano; ci vogliono solo un esploratore che le trovi e un po' di buona volontà per spolverarle ogni giorno.

– Nonna?!

Stavolta era stato Ardito ad andare da lei. Non aveva chiamato Oriana. Voleva parlarle da solo.

– Ho una cosa per te.

– Cos'è? Il tuo tema?

Il tema? Quale tema? Il tema!

Dannazione, non aveva scritto nemmeno una riga… Calma, calma, aveva tempo, ci avrebbe pensato dopo, ora aveva altro di più importante.

– No, una lettera per te.

– Per me? Da chi?

– Guarda.

La nonna l'aveva aperta e si era bloccata appena aveva visto la scrittura, appena aveva letto la data. Ardito se n'era accorto.

– Effettivamente ci ha messo un bel po' ad arrivare...

– Dove l'hai trovata?

– Non l'ho trovata io, mi ha detto lui dove cercarla.

E poi la nonna aveva letto tutto d'un fiato. E poi aveva iniziato a piangere. E poi aveva riso. E poi aveva pianto di nuovo.

– Un giorno ho smesso di ridere alle battute del nonno. Era come se l'allegria fosse scomparsa, di colpo. Mi dava noia tutto, specie quelli che riuscivano ancora a ridere. Avevo sempre paura che ridessero di me. All'inizio non ci avevo fatto caso: credevo che fossero gli altri a non essere più divertenti. E invece ero io. Pensavo che con una malattia del genere non potevo certo farmi una risata, sarei sembrata una matta. Pensavo che fosse irrispettoso nei confronti del nonno. Non ne voleva parlare, figurarsi riderne. Ma ridere non è come andare in bicicletta. Dopo un po' che smetti, non ti ricordi più come si faceva. Non ti ricordi i motivi per cui ridevi, come ti sentivi, il suono della tua risata. Le cose stupide per cui una volta ti sbellicavi non ti fanno più né caldo né freddo. Magari ti infastidiscono anche. È terribile. A te cosa fa ridere?

Così, di botto, senza rifletterci?

– Le scoregge. Le gare, soprattutto.

Appena l'aveva detto, Ardito aveva pensato che forse poteva anche tenerselo per sé e restare sul vago, rispondere tipo: "Il solletico". Invece, d'improvviso, sulla faccia della nonna era scattato qualcosa: tutto si era mosso, tanto che per un attimo Ardito aveva avuto paura che le si stesse sgretolando il viso. E invece aveva iniziato a ridere. Rughe che erano solchi si erano spianate in piccoli canali, utili quando si piange di gioia perché la faccia non si allaghi. Gli occhi sui quali sembrava che ci fosse sempre la carta velina, risplendevano come se qualcuno li avesse lucidati. Ma quanti muscoli ci sono nella faccia? La nonna rideva e tutto il suo viso diventava diverso. E più rideva, e più era diversa, più giovane. Se avesse continuato, di quanti anni sarebbe tornata indietro?

– Come siamo invecchiati... Non mi ricordo nemmeno più chi era questa ragazza...

«Se uno ridesse per un'ora al giorno,» aveva pensato Ardito «non invecchierebbe mai?»

– Nonna, sei te.

– Ero io.

– Eri, e sei. Te ne sei solo un po' dimenticata. È come quando mi hai spiegato delle cose da fare e delle attenzioni. Forse hai avuto un po' troppe cose da fare...

– Forse. È che sono stanca delle cose da fare. Sono stanca di questa malattia. Si può dire? Non ne posso più.

– Nemmeno il nonno ne può più. Però, da qualche parte, voi due siete sempre voi due.

– Da qualche parte.

Se si continuava così non si andava molto lontano. La nonna aveva bisogno di uno scossone.

– Nonna, ascolta, il nonno non è andato alla Fiorentina per avere una vita normale con te. Io non so se lo capisci, ma questa è una cosa enorme. Lui non ha voluto dirtelo per non farti sentire in colpa, però adesso te l'ho detto io. Ora lo sai. E questo fa tutta la differenza.

C'era andato troppo pesante?

La nonna si era alzata e gli aveva dato un bacio.

L'aveva seguita con lo sguardo; era entrata nella stanza del nonno.

La porta si era chiusa, chissà che cosa si erano detti.

24 DICEMBRE

LA PORTA

Non erano nemmeno le 7 di mattina. Le ruote del taxi che frenava davanti al cancello, i genitori di Ardito che scendevano di corsa, lui che correva ad abbracciarli. Dopo tre giorni di scali in aeroporti in giro per il mondo per tornare a casa il prima possibile, finalmente erano arrivati. Avevano gli occhi piccoli e stanchi, la mamma anche gonfi. Non avevano nemmeno voluto fare una doccia, erano corsi subito dal nonno. Avrebbero fatto Natale in salotto, tutti insieme, quello era più che sufficiente.

– Allora, come va il tuo tema? – gli aveva chiesto la mamma.

Come andava? Da dove poteva cominciare...? Per esempio dal fatto che non aveva ancora scritto una parola? Per la prima volta, qualcosa per lui era diventato più importante del calcio.

– Sai che mi dovrai spiegare un bel po' di cose, vero?

Sì, lo sapeva, ma sapeva anche che la voce della mamma

non era arrabbiata. In ogni caso il silenzio stampa sarebbe stata la cosa migliore.

– Okay. Non ora però. Non oggi.

La giornata, poi, era passata via in un baleno, come tutte le giornate sonnacchiose e dolci, come ogni vigilia di Natale. Odore di cibo in casa, la nonna in cucina che suonava la sua batteria di pentole, Malvina e Oriana che preparavano insieme i biscotti, Elena, sul divano, che raccontava della Bolivia e mostrava loro delle foto incredibili, dove sembrava che tutto avesse il filtro colori vivaci della macchina fotografica. I paesaggi, i laghi, le persone, persino la strada.

C'era un posto che si chiamava Laguna Colorada, una laguna rossa, ma proprio *rossa*, dove vivevano fenicotteri rosa e dove avevano visto l'alba. Un luogo perfetto, come il mondo un attimo dopo la creazione. Un posto così pieno di silenzio, che ti veniva da pensare che le tue orecchie non avrebbero mai più potuto udire un rumore, un posto dove il freddo riusciva a zittire anche il vento che di solito fischiava senza tregua. Il nonno la stava ad ascoltare con gli occhi chiusi, per immaginarsi meglio quei fenicotteri, quelle distese di bianco, quel sale, quel vento, quel silenzio.

Il profumo dell'arrosto si confondeva con quello dei biscotti. Alle cinque avevano bevuto il tè ed erano riusciti anche a far stare seduta la nonna per ben quindici minuti consecutivi, ma solo perché voleva fumarsi una sigaretta. Il nonno le aveva rubato quattro tiri. Lei aveva riso. Elena e Alessandro si erano addormentati spalla contro spalla e Ardito li aveva sistemati perché stessero più comodi.

Tutto era in ordine, in equilibrio perfetto. Okay, non aveva scritto una parola del tema, ma aveva un sacco da raccontare. E aveva tempo.

Da sempre la vigilia di Natale Ardito e tutta la famiglia andavano alla messa di mezzanotte e da sempre arrivavano in ritardo.

Fuori c'era freddo e pioveva, ma in chiesa si stava bene. Ardito, babbo, mamma, Angelica, Oriana e zia Malvina si erano sistemati sui gradini di una cappella laterale, come se fossero allo stadio, e infatti qualcuno aveva storto il naso. Era diventata una specie di tradizione. Inevitabile, dato che arrivavano sempre per ultimi.

Accanto a loro, una statua della Madonna li indicava, come se stesse contando per controllare che ci fossero tutti. Nonna e nonno assenti, ma Lei sicuramente non se la sarebbe presa. Anzi, se San Giuseppe fosse stato in carrozzina, si sarebbe comportata proprio come la nonna. Gli sarebbe stata vicino, gli avrebbe portato da bere e da mangiare, lo avrebbe pulito, lavato, medicato, gli avrebbe parlato, forse si sarebbe anche arrabbiata se lui si fosse rifiutato di prendere le pasticche. Magari sarebbe stata un po' più silenziosa, più calma, più paziente, ma insomma stiamo parlando della Madonna, e poi va detto che non aveva nipoti che le scorrazzavano intorno rompendo vetri, allungando sottobanco sigarette al nonno e prendendo di nascosto treni regionali. Chissà se le sarebbe piaciuto avere dei nipotini.

Al nonno, che in chiesa ci capitava poco, forse quella messa sarebbe piaciuta. C'era silenzio, pace e calduccio, perfetto per lui che aveva sempre freddo. Ci si sarebbe potuti anche addormentare, e infatti ad Ardito si chiudevano gli occhi. La pioggia batteva sulle vetrate, che avevano un crocifisso raffigurato sopra, che quasi veniva voglia di asciugare. Chissà se pioveva quando era nato Lui...

Il campo è verde a chiazze marroni. Segno di un'erba che è cresciuta un po' sì e un po' no e di tacchetti che hanno calcato il campo infinite volte, causando un eritema al prato. Le porte si guardano e si sfidano a distanza.

Vieni qui se hai il coraggio.

È la prima volta che sono in questo stadio.

Piove sul campo, sui cartelloni pubblicitari, sui cappellini di chi osserva dagli spalti. Pochi ombrelli. Mi sto bagnando la testa. Sento freddo addosso, non importa.

Sono vicinissimo al campo, non ci sono transenne. Potrei guardare tutti in faccia, ma non riesco a distogliere gli occhi dal nonno. Come gioca, è uno spettacolo! Corre, corre come una scheggia. Ogni passo è uno schizzo e ogni schizzo gli suggerisce che potrebbe correre ancora più veloce.

Domani ci sarà bel tempo.

Le ginocchia più forti di tutto il campo ce le ha lui, lui che è il numero 6 della squadra con la maglia viola. Smista le palle, gestisce il campo, organizza la difesa, recupera. Libero. Non si ferma un secondo.

Mi giro verso gli spalti e lassù c'è la nonna. È giovane. La ragazza più bella che si possa immaginare, di sicuro la ragazza più bella che io abbia mai visto. È vero che le ragazze ancora mi interessano il giusto, ma lei è proprio impossibile non guardarla. Gli occhi verdi come le colline a Siena, quando ci passa sopra il vento che sposta l'erba a destra e a sinistra, a sinistra e a destra, e le colline cambiano colore, come i gechi. Forse però non è bello paragonare gli occhi della nonna ai gechi.

Lei si alza e io mi volto di nuovo verso il campo. La partita.

Lancio lungo.

La palla arriva tra i piedi del nonno.

Continua a piovere, le gocce gli rigano la faccia, vede sfocato ma punta la porta. La porta, la sua stella polare. Il portiere è spaventato, si vede anche da qui.

Trema, il nonno sta arrivando.

Il nonno ha la palla ai piedi e la corsa nel cuore, cuore quasi in gola che sembra di vomitarlo da quanto sale. Corre che gli sembra quasi di morire. Non ha più fiato, ma vede la porta, la vede.

E quando un calciatore si trova davanti alla porta, come può fermarsi? Basta correre forte, non perdere di vista la palla, tirare con tutta la forza, aspettare e vedere se gonfia la porta, imprigionata come una farfalla in un retino. Dopo, si può anche morire.

Sarà così?

Sarà come vedere una porta e restare senza fiato, come dopo una corsa?

25 DICEMBRE

NATALE

Era successo mentre erano alla messa. Non sapevano se fosse già il 25 o ancora il 24. Nemmeno la nonna, che era con lui, lo sapeva. Quando erano tornati, li avevano trovati in salotto addormentati insieme, la nonna e il nonno, la testa dell'una sulla spalla dell'altro. Sembravano stanchi dopo aver sistemato tutti i regali per i bambini.

La zia Malvina li aveva chiamati. La nonna aveva subito aperto gli occhi. Il nonno no. Ardito era rimasto indietro con il babbo e Oriana. La nonna, come se presagisse qualcosa, aveva provato a svegliare il nonno, ma lui non aveva risposto.

– Marzio, Marzio?

A quel punto, diversamente dal solito, non aveva alzato la voce, non gli aveva urlato o battuto forte le mani davanti al viso. Si era solo messa a piangere. Elena l'aveva abbracciata, ondeggiando come se fossero su un dondolo invisibile. Malvina, ferma, le teneva strette entrambe. Sembrava un angelo di pietra con le braccia al posto delle ali. Piangeva in silenzio.

Ardito non avrebbe voluto piangere, non di fronte alla nonna. Aveva cercato di trattenere tutto, ma dalla gola era sgorgato un verso, come quello di uno pterodattilo appena uscito dall'uovo.

Se c'è un posto dentro il cervello che controlla le lacrime, il suo era andato in mille pezzi, come quando si rompe un termometro e il mercurio schizza da tutte le parti e più cerchi di bloccarlo, più lui si divide in sferette più piccole e non ne vuole sapere di fermarsi.

Dai suoi occhi era venuto giù un diluvio, come in una giornata di novembre, come a Firenze nel 1966. Come si accendevano i tergicristalli?

Tutto si era appannato come quando si è in macchina in cinque e fuori piove. Quando si possono scrivere le frasi stupide sui vetri.

Le pentole erano rimaste sui fuochi spenti. La tavola apparecchiata, i segnaposto deserti. A capotavola ci sarebbe dovuto stare, come al solito, il nonno, invece a tavola non si era seduto nessuno.

– Posso?

Oriana aveva sollevato la tovaglia. Sotto la tavola, seduto, c'era Ardito.

– Ti cercavo.

Ardito giocava con un centrotavola.

– Devi iniziare a scrivere.

Era rimasto in silenzio. Ci aveva pensato Oriana ad andare avanti.

– Non hai ancora scritto il tuo tema, e la consegna si avvicina.

– Non ho nulla da scrivere.

– Come no?

– Mi fanno schifo le storie tristi.

– E perché dev'essere una storia triste?

– Il nonno è morto. È una storia allegra, secondo te?

– Non è quello il punto.

Ardito l'aveva fissata. Che cosa gli stava dicendo?

– La tristezza non può avere l'ultima parola. Devi solo capire quale sia il finale giusto.

7 GENNAIO

IL TEMA

Il primo giorno di scuola dopo le vacanze di Natale assomiglia a una marcia funebre. Se si dovesse scegliere un rumore per descriverlo, uno solo, sarebbe lo strascicare di scarpe, per lo più scarpe da ginnastica.

Il primo giorno di scuola dopo le vacanze di Natale rimette tutti in libertà condizionata. Ci si deve presentare sempre alla stessa ora, ogni giorno esclusi il sabato e la domenica, essere presenti sul registro, tornare a casa, fare il proprio dovere e ripartire il giorno successivo.

Cortile, scale, corridoio, destra, aula, banco.

Ardito aveva fatto tutta la strada guardando in basso, fino a che in corridoio non aveva visto due scarpe da ginnastica verdi nuove di pacca che lo fissavano. Tommaso.

– Tieni, mezza sega – gli aveva detto lui, giocherellando con la fascia da capitano. – Meno male che te la riprendi: mi bloccava la circolazione. Sai, io i muscoli ce li ho!

– Macché muscoli, è che sei grasso come un vitello! – gli aveva risposto Ardito.

Avevano sorriso.

Pace?

Pace.

Il prof Raimondo era entrato in classe, studiando tutti per controllare come fossero andate la vacanze. Non aveva bisogno di chiedere, lui deduceva. Poi si era seduto sulla cattedra.

– Bene, ragazzi, ci siamo. Ho riportato i temi corretti.

– Nooo! Di già?!

– Prof, pensavamo che li avrebbe riportati settimana prossima!

– Allora diciamo che siete stati così bravi che non sono riuscito a smettere di leggerli!

E così era partita la restituzione. Tutti aspettavano in silenzio, come se quel compito avesse in sé qualcosa di magico. Forse era proprio così. Uno dopo l'altro, erano stati chiamati alla cattedra: a differenza del solito, nessun commento a voce alta.

– Il giudizio lo trovate in fondo all'ultima pagina. Leggete bene cosa ho scritto a ognuno di voi.

Se avessero fatto un elettrocardiogramma del tragitto tra il banco e la cattedra avrebbero visto come si impennava il cuore che batteva, batteva, batteva forte. Poi il battito si interrompeva nell'istante in cui il prof rendeva il compito, per ritornare infine al ritmo normale dalla cattedra al banco.

Ardito osservava i suoi compagni sperando di incrociare lo sguardo di qualcuno, ma erano tutti troppo immersi nella lettura di quello che il prof aveva scritto a ciascuno di loro. Mai visti dei giudizi così lunghi! Sembravano temi anche quelli.

Piano piano, i compiti erano stati tutti restituiti: mancava solo lui. A occhio e croce non era un buon segno.

– Ardito?

Eccoci.

Sapeva che il compito che aveva inviato era tutt'altro rispetto a quello che il prof aveva richiesto. Era corto, non era propriamente una storia, forse non si capiva bene nemmeno cosa fosse successo, e che il nonno alla fine era morto; insomma, era pieno di buchi, proprio come un pezzo di formaggio coi buchi. Forse non c'erano nemmeno abbastanza aggettivi. Eppure. Eppure ad Ardito piaceva.

Era arrivato alla cattedra, ma invece che prendersi il compito e fare dietrofront, era finito dritto nello sguardo del prof.

– Ardito ma che cosa hai scritto?

Appunto. «Stai zitto, stai zitto, Ardito, così finisce tutto più in fretta.»

Il prof si era rivolto alla classe.

– Il vostro compagno non si rende conto di che cosa ha fatto in queste, quante?, due pagine...

Ecco. Mai fidarsi di un prof quando ti dice che non importa la lunghezza in un tema.

Aveva teso la mano e il prof Raimondo gli aveva passato il foglio, parlandogli piano, in modo che sentisse solo lui: – Mi racconterai, poi, che cosa ci sia dietro a tutto questo...

Prima di leggere il giudizio, Ardito aveva visto che sotto il suo nome, dove di solito si metteva il voto, c'era disegnato un cerchio con i pentagoni neri: una palla da calcio. E accanto alla palla, una linea verticale. Ma cos'era?

Un momento. Non era solo una linea. E quella non era solo una palla...

– Alla fine è successo, ragazzi. Solo che non avrei mai pensato, in tutta la mia carriera, che sarebbe toccato a uno come lui... Con tutto il rispetto, Ardito, s'intende! La vita ha proprio una grande passione per l'ironia. Comunque. Mi piacerebbe che lo leggessi a tutti, questo compito, Ardito. Ti va?

Tema: Un nonno a caso

La fascia gialla sul braccio tira un po' anche a me. O mi sono cresciuti i muscoli o sono ingrassato, visto tutto il pandoro che ho mangiato nelle vacanze insieme alla zia.

Finalmente sono di nuovo in campo. È la prima partita del girone di ritorno con l'Antella United, una partita speciale perché ho avuto il permesso di giocare con la maglia del nonno. I colori sono gli stessi, rosso e bianco. È di lana, mi pizzica, ma non mi importa. È come se ci fosse lui a farmi il solletico, come se fosse in campo con me. Vorrei tanto che potesse vedermi, vedere come gioco.

Sto portando la palla in avanti. Mentre corro, mi sembra che qualcuno stia correndo dietro di me, appiccicato come se volesse rubarmi il pallone dai piedi. Sarà il Pizziroli, che è peggio del prezzemolo e te lo ritrovi in ogni parte del campo. Faccio uno stop per fregarlo e scartare in direzione opposta, guardo in terra per girarmi senza scivolare, ma i piedi che vedo non sono i suoi. Ormai le conosco le sue scarpe, e queste sono vecchie e logore, tutte sformate. Mi fermo. Alzo gli occhi.

Nonno, che ci fai qui?

Lui mi sorride, mi strizza l'occhio, butta il pallone avanti e riparte correndo.

Nonno, dove vai? Aspettami!

Riparto con uno scatto. Lui mi passa la palla. Stiamo correndo sulle fasce, insieme, uno da una parte e uno dall'altra. Devo fargli vedere di cosa sono capace. Punto la porta, volo sul campo, come faceva lui. Supero tutti, come se fossi da solo. Sento che mi corre accanto, che vuole vedermi giocare più da vicino. Mi volto per guardarlo. E vedere la sua faccia.

Nonno, ma stai piangendo?

Macché pianto, è sudore. Veloce, dai che ti prendono la palla.

Torno con gli occhi sul campo. Scarto il Pizziroli. Vedo la porta che si avvicina. Voglio che sia orgoglioso. Ci sono. Tiro. Tutti trattengono il fiato. Un'apnea collettiva.

Nonno, è questo che hai visto quando sei morto?

Mi giro, lo cerco. Dagli spalti sento gli applausi, e poi tutti che battono i piedi, e poi le mani, e poi tutti che cantano. Ma è solo rumore di sottofondo.

Finalmente lo vedo nell'angolo. Nonno, dove vai?

Mi sorride, ma è già lontano. Gli occhi gli brillano e io lo so che quelle sono lacrime vere. Vere e contente.

Contente perché può correre di nuovo, perché sente il cuore battere in gola invece che nel petto, sempre più piano, sempre più piano. Contente perché a tremare è il portiere e non lui. Perché ha di nuovo il suo fisico forte, imbattibile, senza malattie. Sono lacrime vere, però, perché lascia qui le sue donne, le donne che l'hanno fatto quasi diventare matto, le donne che ha amato più di tutto, senza mai riuscire a dirglielo. Lascia la nonna, per la quale ha scelto di rinunciare alla carriera che aveva davanti, senza chiederle niente in cambio. Le sue figlie, che non ha nemmeno salutato perché erano alla messa.

Ti pareva, l'unica volta che ci sono andate insieme, anche la zia Malvina, che di solito non ne vuole sapere. Sono lacrime vere, forse, perché lascia anche Oriana, Angelica, e me, che l'ho conosciuto tardi. Troppo tardi.

Qualcuno arriva, mi abbraccia e mi butta a terra. È Tommaso. Abbiamo vinto, abbiamo vinto! Guardo il cielo. Sopra di me c'è una nuvola. Questa è proprio a forma di pallone.

Sento gli applausi, stavolta a volume reale, non più in sottofondo. Chiudo gli occhi, per fare ancora più posto dentro il mio cuore, per non perdermi nulla di tutto questo.

Nonno, li senti, gli applausi?

Sono tutti per te.

Voto: DADIECI!

RINGRAZIAMENTI

Grazie alle tre donne del mio cuore, che ho ereditato da Marzio, che ci sono sempre, in ogni momento. E grazie a tutta la mia rumorosissima famiglia. Quelli che ci sono e quelli che non ci sono più, ma che si ritrovano tutti nelle pagine di questa storia.

Grazie a Valentina Pozzoli, che in queste pagine ha sempre creduto, anche quando non ci credevo io. E grazie ad Alessandro Gelso, soprattutto per quando mi ha detto: «Bello è bello questo libro, Saschia. Solo una cosina, però; va tutto riscritto».

Grazie a Luigi Vassallo, ora don Luigi, che ha sempre trovato il (notte)tempo di leggerle e che rimarrà per sempre il miglior compagno di scrittura.

Ad Armando Fumagalli, uno degli ultimi veri, grandi maestri di cui c'è così tanto bisogno.

Grazie a Daddo che non se lo ricorda, ma è stato il

primo a cui ho sentito dire “dadieci” quando una cosa gli piaceva di brutto.

Grazie a tutti gli amici che non hanno mai avuto un dubbio su questo libro, senza averne letto nemmeno una pagina (forse proprio per questo!). E grazie a tutti quelli che hanno pensato che fossi solo una che perdeva tempo; «Lei scrive», puntini di sospensione.

L’ultimo ringraziamento va alla persona che con me ha condiviso tutte queste pagine, sette anni di fidanzamento, dieci di matrimonio, tre figli e molte, molte bottiglie di vino.

La A con cui iniziano tutte le cose belle della mia vita e anche qualcuna brutta, perché è da quelle che, insieme, abbiamo imparato di più. Grazie ad Alberto che è Dadieci.

INDICE